JN219970

言霊《ことだま》

言葉は
心の表れであり
人の心を
揺すり動かす
力がある

出版に寄せて

参議院議員　山本一太

自伝のご出版、おめでとうございます。大武先生の人生と業績については、社会的な関心も高く、それが自伝という形で公になることは、私はもちろん、多くの人が待ち望んでいました。

先生とのお付き合いは、父富雄の時代からです。

「前橋に実力があって、有望なすごい市議の人がいる」と、父がよく話してくれました。「とにかく選挙にめっぽう強い。男気があり、信義に厚い人だ。こうと決めたら損得抜きに実行する。一本芯が通った腰の据わった人物で、人を引きつける独特の力がある」などと父は先生について、尊敬を込めて語っていました。

父が言うには、将来、先生は県議会議員になって欲しい、そこで舞台を広げて活動して欲しい、本人が望めば十分可能だ、とのことでした。実際は、先生ご自身の地元への愛情や、さまざまな配慮からそれは叶いませんでしたが、可能性を秘めた勇退だったと思います。

先生の業績は多方面にわたります。ご自身の会社経営や会議所、ＰＴＡなどの地域貢献をはじめ、市議になってからは議会の要職を歴任されました。監査役や議長まで、いわゆるスピード出世で、これも先生の市民からの支持と実力の賜物でしょう。

市議時代の大きな功績としては、前橋工業短大を四年制の工科大学にしたことです。これは極めて大きな業績です。工科系の大学をもっている市は珍しい。学校は人材の育成という面で大きな存在です。特に高等教育機関は、その地域に将来にわたって大きな影響を与えます。

工業系の大学は、例えばアメリカのマサチューセッツ工科大や、シリコンバレーの力の源泉の一つであるスタンフォード大学など、地域発展のコアになります。前橋工科大もそうした潜在力を秘めた拠点として、先生が地域にまかれた「種」の一つです。

時代の先を読んだ先生のこの仕事は、もっと広く知られてしかるべきものでしょう。

私が出馬してからは、亡くなった父との友情もあり、一貫して応援して頂きました。先生の後援会を動かしたり、一緒に歩いて頂いたりしました。その間、話された政治に関する助言や知見は、いまでも心に刻まれています。政治家のあるべき姿、政治に向かう態度など、先生から受けたご教示は、政治家としての私の土台の一つになっています。私にとって先生は、変わらぬ政治的な恩人だと思っています。

現在先生は、政治は引退されたわけですが、市政やふるさとの発展のために、各方面で貢献されています。これからも引き続き、前橋や群馬の活性化について、見解を発信して欲しいと願っています。

私が群馬で仕事をするときには、ぜひ、多方面からご意見やご示唆を頂けたらと思います。今後とも、地域を知り抜いたご意見番として、ご指導ご鞭撻をお願いいたします。

言葉が足りませんが、大武先生の変わらぬご厚誼に感謝し、また、ますますのご活躍を願って、自伝出版のお祝いとしたいと思います。

自伝発刊に寄せて

元前橋市長　萩原弥惣治

昨年の十月、突然大武さんが来訪された。三年前、彼が叙勲した際のお祝いに参加して以来だった。彼と私は現職時代、市政発展のためにお互いに協力し合った仲間である。その大武さんから「本を出版するので、一言お願い致します」という依頼であった。

思い返してみれば、私が県議時代に、大武さんなど若手議員数人が来宅され、私を市長選に推したい、というお話をされた。腰が重い私に対し、「市政改革のためには、萩原さんでなくては、ダメなんです」と熱弁を振るった大武さんの姿を、いまでも鮮明に思い出す。

大武さんは純粋で勉強家、曲がったことが大嫌いである。現職時代、多忙にもかかわらず、当時の前橋工科大に受験合格して学んだり、また、自民党本部の政策・話し方教室に、毎回上京して参加した。その努力は見上げたものである。

母校である工科大については、短大を四大化するため尽力して頂いた。大学院設置についても大武さんの力は大きい。

私が市長就任直後、８番街の再開発構想を、市民のためにならない、と考え中止を英断した。その際には全面協力を頂いた。大きな決断で反対も多かった中で、よく賛成して頂いたと思う。

地元の活性化についても、各方面で活躍したことは言うまでも無い。中でも、総社秋元公歴史まつりの武者行列を立ち上げた功績は大きい。今では、前橋市を代表する歴史イベントの一つとして、人気を集めている。歴史を核にして地域活性化につなげるなど、大武さんの企画力や発想力は、抜群である。

残念なことに3期目に交通事故で最愛の奥様を亡くされた。この時は大変なショックだったろうが、職務への精進は変わらなかった。公務に励むことで、冬が春に転じるように、悲しみを乗り越えたのでは無いか、と推察する。

その後、4期5期と続投され、20年間市民のために尽力されてきた。今だから話せることだが、3期目の最後に、県議選出馬の要望が各方面からあり、私も期待した。しかし、本人は市政に集中したい、という意志が強く、市議を続ける事となった。

今回の出版は、亡き夫人に捧げるということなので、改めてご冥福をお祈りいたします。

今後とも健康に留意され、市民のためによろしくご指導ご鞭撻の程をお願いし、大武さんの出版記念のご挨拶とさせて頂きます。

自伝出版、おめでとう

秋元公歴史まつり顕彰会会長
有限会社都丸ポートトリー代表取締役　都丸耕治

自伝の出版おめでとうございます。

大武君とは長いお付き合いです。市議選の応援はもちろん、ずっと普段着のお付き合いをさせて頂いています。

地元で測量登記の会社を経営されているときも、勉強熱心な努力家で、地域の人々の人望を集めていました。事業の拡大と共に、青年会議所での活動も盛んに行い、人脈を広げていきました。

地元から市議を出すことは、地域の声を市政に反映させるために大事な事です。皆がひそかに大武君の出馬を期待していました。実はそれ以前に、総社から市議選に出るという人が2人いました。しかし、選挙戦の困難さを感じたのか、途中で腰砕けになってしまいました。総社を一つに纏めるのは、よほどの人物でなくては無理だ、という印象が広がっていました。でも、地元から市議を出したい、という気持ちはずっとありました。

そのような空気の中で、大武君から「立ちたい」という声がありました。「大武さんならやってくれる」とみんな大喜びしました。もともと人望があった方なので、当選は間違いない、と思い、私は後援会の事務局長を務め、選挙戦全般に関わらせて頂きました。選挙戦を全力で繰り広げ、蓋を開けてみると、トップ当選でした。これにはみんなびっくりしました。それだけ総社が一つになり、前橋全体に大武仁作の名前が広がった結果です。

政治家としての大武さんは、まず、発想が大胆で実行力があります。さらに演説がうまい。話しているうちに聴衆と一体化して、みんなが感動するのです。その一体感をエネルギーに、市政の改革に向かっていきました。

前橋工業短大を四大の工科大学にしたり、群馬総社駅周辺の開発なども大武さんの業績です。中でも特に地元に深い関係のあるのが、秋元公歴史まつりでしょう。

「地域おこしのために、武者行列をしよう」と大武さんが言い出したのは、平成2年、市議に当選した翌年の事です。みんなそんなことが出来るのか、と半信半疑だったのですが、大武さんがあちこち駆け回るうちに、みんなの気運が盛り上がってきました。

最初は何もありません。鎧兜も借り物です。そうした手配、予算の工面まで大武さんが汗をかいてくれました。そしてついに実現にこぎ着けたときは、街中が本当にお祭り気分になりました。

当初は鎧兜を新町からお借りし、その後、少しずつ購入し、現在行列に使う装束は全て自前になっています。そうした予算措置も大武さんが各方面に手配してくれました。

今日の総社地区の大枠を作ったのは、やはり秋元公の力が大きかったと思います。その歴史的事実を街おこしにつなげた大武さんの慧眼に改めて感謝したいと思います。

おかげをもちまして、武者行列によって、秋元公への顕彰と地元意識の高揚がはかれました。その影響で、前橋市では「四公祭」が開催されるようになりました。「総社の武者行列」は、すでに前橋のブランドになっています。これも大武さんの発想や行動力が無くては、できないイベントでした。

その他、大武さんが市議として地域活性化のために立ち上げた事業はたくさんあります。六中の移転や周辺施設整備、ＪＲ群馬総社駅の周辺開発など枚挙に暇がありません。市議も20年の長きにわたり、その功績に対して勲章を受章しました。

本自伝では、こうした大武さんの事蹟が紹介されています。身近で接してきた私にも知らないことがあり、大武さんの公務人生を始め、人柄や地域の発展を知るには、必須の内容となっています。貴重な自伝出版をお祝いすると共に、今後のご活躍ご発展をお祈り致します。

目次

第1章

ふるさとの情景、家族の思い出

大武家　きょうだい新年会（平成28年1月17日）

後列左から、次兄妻（ゆみ子）、本人（仁作）、次姉夫（吉沢恒）、次姉（吉沢フジエ）
前列左から、次兄（昇）、長姉（孝子）、長兄（敏次）、長兄妻（君代）

総社町の街道風景
「惣社」は、鎌倉時代からある古い地名で、平安時代に中小の社を、地域の中心部に合資した神社が起源と言われる。江戸時代は三国街道の脇往還として栄えた。現在も近世の街道筋の面影を辿ることが出来る

第一節　自然の中で遊び、セミ取りに熱中

私が生まれ育った頃の総社清里地区は、桑畑が広がる田園地帯だった。街道沿いには宿場風の人家が並び、総社駅前には店もポツポツあったが、基本的にのどかな郊外が広がっていた。日用雑貨は近所の万屋風の店で間に合ったが、ちょっとした買い物をするには、前橋市内に行かなくてはならなかった。それを「街にいく」と言って、ちょっと心がうきうきする遠出だった。私はそのようなふるさとで生まれ育った。

市政報告会で話した「総社清里地区の地域性」について、地元の特徴を紹介しているので以下に引いてみよう。「総社清里地区は農業が主で、大きな屋敷の養蚕農家が多く、どこの家も生り物の木がありました。桃、柿、栗をはじめ、ユスラゴ、ビワ、イチジク、モモ、ボタンキョウなど季節の味を楽しめました」。

そうした土地柄か、果物に関するこんな言い伝えがあります。

秋深くなって庭の柿の木がたわわに実り、食べ頃になっても、全部とってはいけない。いちばんてっぺんの辺りに実っている実は、三つ残して置くんです。

一つは、毎年収穫できる恵みに感謝して、自然の神様に供えるもの。
二つ目は、柿の実が熟して種が落ち、新しい芽が出るように。
三つ目は、餌の少なくなるこの季節に、寒い冬を過ごすために何千キロも旅をする渡り鳥が食べられるように。

このように、自分の庭の木になった実だから、全部自分のものだ、というのではないのです。実りへの感謝、次の時代につなぐ心、苦労しているものへの思いやりなど、気遣いがあるんですね。

秋元公と天狗岩用水
天狗岩用水は、慶長9年（1604）に当時の総社領主の秋元長朝が主導してつくられた越中堀と、後の慶長15年（1610）に伊那忠次による代官堀の総称である

何でも全部自分のものにしちゃったらダメなんです。その時はいいかもしれないが、次が無くなるんです。素晴らしい言い伝えだと思います。考えてみれば、てっぺんの実をとるにはキケンが伴うから、こう言われたのかもしれない。

第二節　ちょっと古くさい「仁作」という名前

私の父大武昌治《しょうじ》は、旧駒寄村（現：吉岡町大久保）の出身だった。若い頃、病弱だったので、祖父の久太郎が、父を「相蔵《あいぞう》」と名前を変えて育てたという。当時は、名前を変えると運勢も変わる、という考えがあった。祖父としては、病弱の父を元気に育てようと思って相蔵と呼んだのだろう。

その効果もあったのか、父は無事に成人して県庁に奉職した。土木技師として中之条、桐生、と転勤した。その間に結婚して前橋市

秋元氏
天狗岩用水建設の恩人である秋元氏は、元は宇都宮氏の一族で、戦国時代後北条氏、後に徳川氏に仕え、江戸幕府成立後総社藩1万石に封じられた。天狗岩用水をつくった長朝の後を継いだ泰朝は、甲斐の谷村藩に転封加増された。以後子孫は幕府の要職を占め、明治維新後に子爵となった

の総社町に家を建てた。終戦後は前橋戦災復興事務所、渋川土木事務所に勤務し、定年を迎えた。

父は実直でまじめが取り柄だった。いい意味での役人気質の人といえる。私の幼いときの記憶でも、土木建築会社からお中元やお歳暮が届くと「担当している仕事の関係会社から、もらうわけにはいかない。返してきなさい」といちいち送り返していた。

定年後は、土木技師としての経験を生かし、測量事務所を始めた。戦後の復興期と高度成長の時代であり、道路や河川改良の調査、測量の仕事で事業は堅実に伸びていった。社員も数人使い、私も大きくなると父の仕事を手伝い、高校卒業後はその方面の学校に進学した。卒業後は父の会社に入り、後に独立して現在に至るまで測量関係の仕事をしている。晩年の父は、鉢植えを趣味とし、特に皐月の鉢植えをたくさん集め、花を咲かせるのを楽しんでいた。

私の名前は仁作という。子どもの頃は「ちょっと古くさい名前だなあ」と感じていた。この名前は、祖父久太郎が付けたと聞いてい

選挙の応援をする母（チカエ）

る。久太郎は駒寄村の村長だったことがあり、「将来この子が政治を志したとき、皆さんに覚えてもらいやすく、印象的な名前がいい」と言う考えで、仁作としたのだという。

思春期や若いときは、古くさいと感じたが、市議会議員に立候補するときは、「実に選挙向きの名前だねえ」と支持者からよく言われた。私が市議になれたのも、祖父の慧眼のおかげであると、今では感謝している。

第三節　母について　幼いもの、弱者への思いやりの心

母親について思い出すことはたくさんあるが、一つだけ取り上げるとすれば、幼いもの、弱者への思いやりの心だろう。

母は地元の出身で、現在の実家は藤井和浩氏が継いでいる。藤井

母の米寿の祝い
母からは弱い立場の者への思いやりなど、多くのものを学んだ

の本家には、選挙の際の事務所設置に土地をお借りしたりして、大変お世話になっている。

私が生まれたのは昭和21年（１９４６）だった。成長期は昭和20年代、30年代で、日本はまだまだ貧しかった。５人きょうだいの末っ子だったので、服や日用品は兄たちのお古が当然だった。それでも特に不満も無く、当然だと思っていた。そうした暮らしの中で、母は母なりに子どもたちへの温かい目配りをしていた。特に思い出すのは、「羊羹の切り分け方」である。

当時の羊羹は、ごちそうである。コンビニで甘いお菓子がいつでも買えるという時代ではない。チョコレートやケーキなどは夢、キャラメル、飴が味わえれば、子どもたちは十分幸せだった。

まんじゅうや羊羹などの甘い食べ物が、子どもたちの羨望のおやつだった。たまに親戚や知人から旅行のお土産として羊羹をもらうことがある。仏様に供えておいてから、夜に子どもたちに振る舞われることになる。

家族で母の米寿の祝い

第四節　羊羹の切り方

この切り方が問題だ。母はきょうだい5人分の5つに切り分けるのだが、物差しで測ったように均等に切るのでは無かった。ちゃぶ台の上に羊羹が置かれ、子どもたちがそれを取り囲む。母が包丁で慎重に切り分けるが、どういうわけか、一番大きいものから小さいものまで少しずつ大きさが違っている。母はそれを年の大きい順に配る。

「はいお姉ちゃん、はいお兄ちゃん・・・」と年の上から小さい方を配る。最後の一番大きいのは「はい仁作」と末っ子の私に配られた。きょうだいたちは、何一つ不平不満は言わない。もらった羊羹を大事に、美味しく頂く。

母は特に説明はしなかったが、いつもは割を食っている末っ子の私に厚く、バランスをうまく取っていたのではないだろうか。それを見ていて文句一つ言わないきょうだいたちも、母の意図するとこ

左が叔母、右が母

ろをよく理解していたと思う。

このほかにも母は、お年寄りや、体の不自由な方への独特の思いやりがあった。いわば、社会的な弱者を大切にすることを、無言のうちに教えてくれていた。こういったことは、教科書で教えたり、説教しても身につくものではない。身近かな、生活に根ざした体験が一番体の奥にしみこむ。

私はいまでも、羊羹を切り分ける母の手さばき、それを見守る5人のきょうだい、大小異なった羊羹をもらいながら、何一つ不満も言わず、うれしそうにそれを口に運ぶ子どもの姿を思い出すと、胸がジーンと熱くなる。

後に私が前橋市議会議員になってから、さまざまな施策に取り組んだ。その中で決して忘れなかったのが、母から学んだ「弱きものへの思いやり」である。

社会的弱者であるお年寄り、子ども、障害者への温かい心配り、また、登校拒否、いじめ、困っている人たちへの共感は、人間とし

妻の照代は、家事育児はもちろん、会社の経営の片腕として欠かせない存在だった。明るくテキパキした性格は、後援会の方々にも慕われた

ての基本の基本である。私が市議選に立候補したのも、そうした思いを少しでも市政の場で生かしたい、という気持ちがあったからだ。

この母の羊羹の話は、市議会議員2期目の事務所開きのあいさつの時に取り上げた。多くの方が感銘を受け、中には目頭を押さえている方もいたのを覚えている。

第五節　嫁入り前に「料理裁縫」でなく、和文タイプを習った照代

東京の測量専門学校を出た後、私は父の経営する大武測量に就職した。最初は慣れない実務に振り回されたが、次第に要領を得て仕事の面白さも分かってきた。大武測量は、父と私、それに従業員が数人いる小さな会社だった。石油ショックなどの波風はあったが、戦後の高度成長期の好況の中で事業を拡大していった。

私が28歳のとき、親戚の紹介で、山岸照代と見合いした。堅実で真面目な人柄に惹かれ、結婚の申し込みをしたら相手も受けてくれた。照代の実家は、前橋市中で古くからある材木屋を営んでいた。製材の他、材木の取引をする商家でもあり、身近で商売を見ていたせいか、気働きのある女性だった。

結婚が決まってから、私が何も言わないのに、和文タイプライターを習い始めた。前橋市内にある老舗の事務用品店で、和文タイプの講習を自分で探して通った。

当時、パソコンはまだ無く、専用ワープロが登場するのは昭和60年代以降だった。事務仕事と言えば手書きが主で、伝票はカーボン紙で複写を取っていた時代である。ちょっと改まった文書は和文タイプラーターで打った。少部数の印刷は、ガリ版で刷ったが、これも和文タイプで版をつくると、活字印刷に準じるものになった。

婚約時代、照代は私の話や事務所をみて、仕事に和文タイプを多用し、外注しているのを知ったのだろう。最初から私の仕事を手伝

青年洋上大学は、若者を中心に、船に乗って外国などを訪ね、交流を深める企画。写真は私が指導員として招かれ、中国上海に行ったときのもの

うつもりで、役立つ和文タイプの技術習得を目指したのだった。

和文タイプは今ではほとんど見ることが無いが、大正時代から日本の事務現場で使われてきた事務機器である。新聞を横にしたくらいの大きさで、ハンドルで動く文字盤の上に二千数百の活字が載っている。これをハンドル操作で動かし、一つを拾い上げて円筒状のプラテンに巻き付けた紙にリボンを通して打ち込み、印字する。これを繰り返して文書を作成する。

照代は勘も良く、この操作が非常に早かった。それまでは専門職の職人に外注していたが、妻がやるようになって経費の節約はもちろんだが、小回りのきく文書作成が出来るようになった。

役所に出す書類などは和文タイプで清書することが多く、照代がこの技術をマスターすることは、会社の仕事に多いに役立った。当時は、嫁入り前に料理裁縫を習うのが一般的だったが、それにプラスして和文タイプを学んだ、というところが、いかにも照代らしい。

昭和57年、総社第二保育園保護者会長を務め、運動会にも参加した

第六節　結婚して独立し、大武測量登記事務所を開設

昭和48年（1973）4月18日、私は山岸照代と結婚した。結婚してから4年程、大利根町にある妻の実家の持ち家に住まわせてもらった。照代の父は、材木店経営のかたわら、柔道に精進して8段に上り、群馬県柔道連盟の理事長を務めた。豪快で快活な人物だった。義母はもと教員をしており、穏やかでいつも平常心を保ち、きちんとした話し方をする女性だった。

そんな両親の5人きょうだいの4番目として育った妻は、父親似の物事に動じない明るさと、母親から受け継いだ冷静で気配りの利く性格だった。

結婚してから私は、父の経営する測量会社から独立し、大武測量登記事務所を立ち上げた。会社を興したといっても、当初は妻と2人で切り盛りした。2人の子どもに恵まれ、妻は小さい子どもを車に乗せ、大利根の家から総社の会社に通った。私は外回りが多く、

長女の亜弓の嫁ぎ先のご家族

妻は子守をしながら電話の応対や、事務仕事をするのだから大変である。

あるとき、デスクの上に寝かせておいた長男が、寝返りを打った隙に床に落ちてしまった。大事にはならなくて幸いだったが、それほど忙しい日々を送っていたと言うことだろう。

そんな中で妻は、義父譲りの前向きに捉える性格で、仕事も家事もてきぱきこなしていた。「なるようにしかならない」という腹の据わったところがあり、くよくよしない明るさに私は何度も救われたことがある。

会社の仕事は順調に伸び、社員も増えていった。私は会社同士の付き合いや、また、青年会議所の会員になったので、その方面でも多忙になった。ますます家を空けることが多くなったが、会社も家庭も、妻に任せておけば、何でも安心できた。

会社の実務や子育てをこなしてくれた照代には、感謝の二文字しか無い。

第2章

思い出の多い六中の話

二子山古墳からみた現在の六中
総社は前橋市西部、榛名山東斜面のなだらかな台地に広がり、住宅地の間に古代からの遺跡が点在している静かな地域である

第一節　総社中と清里中が合併して六中になる

昭和35年（１９６０）、私が総社中学2年生のとき、総社中学と清里中学の合併が正式に決まった。地域にとって学校の合併は、そこに通う生徒はもちろん、父兄や地元住民にとって大きな問題である。地域に動揺が走った。

規模、生徒数、学校の場所、通学の方法、校名はどうするかなど、新しい中学について学校からいろいろと話があった。生徒会長として、生徒に直接関わる問題を整理し、先生方にお話を聞いた。また、生徒側が出来ることはどんなことかをまとめ、学校側と話し合ったりした。せっかく合併するのだから、良い中学にしたいとみんなで話し合った。

この時の私は、生徒会として各方面の人に話を聞き、じっくり状況を見据え、それぞれの意見を集約し、自分なりの仕事をする。中学生という未熟な時代だったが、今思えば、これも一つの「政治」

の動きである。地味で大変な仕事だが、着実に実行すれば、多くの人に喜ばれる。少年ながら、私はそういう縁の下の力持ち的な働きに魅力を感じていたのかもしれない。

中学の合併で問題になったのは、「新校名」だった。

合併後も総社中学を使うのだから「総社中学校」のままでいいとか、清里と併せて「総清中学校」はどうか。また、場所から「前橋西中学校」にしようなど、さまざまな意見が上がった。

総社や清里に住むものは、前橋の街中から見ると新市内で、田舎だというコンプレックスがどこかにあった。少しでも前橋に溶け込みたい、という気持ちもあり、ナンバー校がいいという意見にまとまった。すでに第五中学校まであるので「第六中学校」という名前で決定した。

校章は、前橋市の市章の丸印に六中の六角形、学ぶシンボルのペン先の形を組み合わせたものだ。デザインは、同級生の今成君が図案化した。

総社と清里は、総社の方が前橋市街地に近く、人口も多い。中学も総社の方が大きく、当時３クラスあった。清里は２クラスだったと記憶している。合併後は総社中の場所になるので、清里からは通うのも遠くなる。慣れない自転車通学の生徒も増える。新中学で多数派の総社の生徒に少数派の清里の生徒が囲まれると、心細い思いをするだろう。

こんな心配があったので、生徒会長としてなるべく早くなじめる雰囲気をつくろうと努力した。先生とも申し合わせ、清里の生徒が早く学校に慣れるように、心配りをした。

昭和36年（１９６１）４月、私が中学３年になったとき、前橋市立第六中学校が発足した。

六中は昭和36年（1961）に開校し、私が市議会議員の在籍中に二子山古墳の南側の現在地に移転し、平成16年（2004）に新校舎が完成した

第二節　前橋市立第六中学校の第1回卒業生、2枚の卒業証書

開校した当時の六中は、施設が不十分だった。増えた生徒に対して校庭は狭く、運動部も譲り合って練習していた。もともと体育館が無かったので、全校集会のときは、2階の二つの教室の間仕切りを外し、つなげて大きな空間にして臨時の集会場にした。特殊教室も足らず、例えば音楽は近くの旧公民館の一部屋や設備をお借りして勉強する、といった状態だった。

六中の生徒会は、合併後新しく役員などを選び直したが、会長は総社中の会長だった私が、引き続き就任した。当初心配していた旧2校間の生徒のいざこざや、いじめなどはほとんど無かった。私たち生徒会も気を配り、清里中の子たちに話しかけたり、先生方と打ち合わせたり、しばらくはたいへんだったのを思い出す。

旧清里中の生徒とも次第に仲良くなった。私は合併時3年生で六

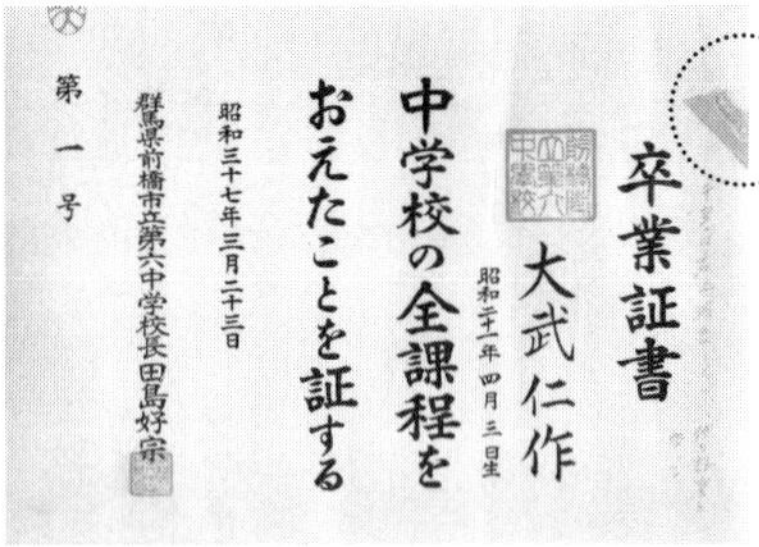

←破れた部分

卒業式でもらった破れた卒業証書

中の在学は1年間である。それも高校受験を控えた時期だったので、なかなか自由に遊ぶ時間も無かった。そこは青春まっただ中の時代。総社中、清里中を超えた多くの友人と、今に続く固い友情を築いた。

六中の第1回となる卒業式は、前述したように体育館が無く、集会場も狭いので総社小学校（現総社公民館）の講堂で行われた。近いとは言え、近くの小学校での卒業式である。六中生は、クラス順に列を組み、小学校まで歩いて行った。

卒業式は、一人ずつ段の上に登り、校長先生から卒業証書を受け取るのだが、私は1番目だった。別に生徒会の会長だから、というわけではなく、学籍番号順が1番だったからだ。

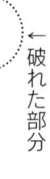

私は3年1組で四月生まれなので学籍番号が1番だった。そのため、六中の名前で出した第一号の卒業証書は、私が頂いたことになる。しかも2枚もっている。六中は現在までに1万人以上の卒業生を送り出している。その第一号を2枚もっているのにはわけがある。

卒業式で最初に名前を呼ばれ、壇上に上がった。校長の田島先生

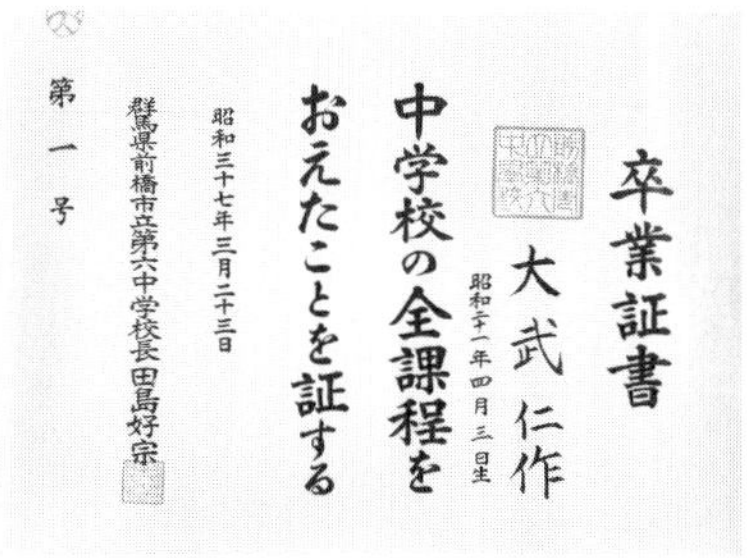
卒業証書
大武仁作
昭和二十一年四月三日生
中学校の全課程をおえたことを証する
昭和三十七年三月二十三日
群馬県前橋市立第六中学校長田島好宗
第一号

後からもらった卒業証書

が卒業証書を読み上げてくださった。終わって丸めて筒に入れ、生徒に渡すのだが、その際丸めた証書がほぐれて広がり、筒に入れたとき上の方がはみ出した。先生も気付かなかったのだろう、そのまま蓋をしたので端が引っかかって少し破れてしまった。パリッと音がしたので校長先生も気付いたのだろうが、場所が場所なので、そのまま進行した。

校長先生はそのことを気にとめていたのだろう。「破れた卒業証書じゃ申し訳ない。ちゃんとしたのを渡してあげよう」と、もう1枚私の証書をつくり、署名捺印して頂いた。私はそれを担任の先生を通して頂いた。破れたのは返せ、とも言われないのでずっと私の手元にある。結果として六中第一号の卒業証書を2枚持っていることになったのである。

六中の移転候補地は、さまざまな条件を勘案し、現在の二子山古墳南側に決まった。エリア的には申し分無かったが、接道が無く、新道開設のために民家の移転交渉が必要だった

第三節　市議になり、母校の建て替えをする

六中で過ごした日々は、私にとってとても貴重な時間だった。二つの中学が合併し、慣れない生徒や教職員同士が融合していく渦中で、私は多くの友達と熱い時間を過ごした。この時の仲間たちが、後に私が市議会に立候補するときに「六仁会」となって支えてくれることになる。

中学時代の仲間は、社会人になってから交友を結んだ人とは違い、何でも言い合える仲間である。その意味でも六中時代は、1年だが何年分もの重さがある。

私が市議会議員になってから、六中の移転問題がおこった。生徒数が年々増え、教室や校庭が間に合わなくなってきた。

昭和63年（1988）に地元から六中の移転に関する陳情書が前橋市に出された。六中の移転整備計画が、地元の重要な問題ということは、市議として十分理解していた。また、総社地区教育関連施設の再編、整備も地元の大きな課題であった。

地元の意見は、移転先として集約化されている総社の教育施設の環境を生かすこと、静かで教育にふさわしい環境であることなどである。こうした声を取り入れ、候補地を選定した。最有力なものが、上越線沿いで二子山古墳の南側の未耕作地が多い地帯だった。

しかし、その土地への接道は、2メートルの農道しかなく、県道からの進入路を新設しなければならない。その際、途中に住宅が1軒あり、移転してもらわなくてはならないのが問題だった。慎重な交渉の結果、住宅の移転や土地の買収交渉は予定通り進んだ。

陳情から5年後の平成5年（1993）10月26日、総社公民館で土地売買の契約が行われた。内容は、土地は62筆、4万3千平方メートル、坪あたり18万円。住宅1軒の移転を含め、用地取得費用の総額は、25億円であった。別に校舎、体育館など施設の建設費が10億2千万円かかっている。

売買契約の日、私は市議会議員としてアメリカ・カナダの地方行政視察に行っていた。六中の移転に関して、私は用地買収のために地権者と市の間に入り、価格交渉など努力を重ねてきた。それぞれの立場などがあり、交渉が難航したこともあった。最後まで安心できない事案だったが、10月26日、アメリカのサンディエゴから国際電話をかけ、契約の進展具合を聞き、想定通りの数字で調印したことを知って、遠いアメリカの地でほっと胸をなで下ろしたものである。

秋元橋
六中は、総社中と清里中が合併して出来た。当初総社中が仮校舎で、移転して現在地に移った。新六中校舎は、天狗岩用水右岸だったため、新しく用水に秋元橋を架け、左岸との交通の便宜を図った

第四節　通学用として、天狗岩用水に橋を付けさせる

六中の移設については、新しく学校が出来るため、学校施設以外にも、周辺整備や、生徒の通学についても考えなくてはならない。大きな問題は、通学路である。

自動車道となった秋元橋当初の秋元橋は、人専用として計画された。しかし、それでは天狗岩用水両岸の生活道路として不便である。生徒の利用も含め、自動車も通れる橋にしたいという私の運動により、現状の姿となった。現在では、生徒教職員はもとより、近隣住人の欠かせない橋になっている

旧総社中は、歴史のある学校なので、通学路も一応整備されていた。移転後の六中は、接道すら新しく造ったほどで、生徒の通学する道の整備が課題だった。

特に天狗岩用水を渡る橋の問題が浮上してきた。用水の向こう側から通う生徒は多い。橋が必要なことは、教育委員会も認めていたが、予算の関係で幅2・5メートルの歩行者専用橋となっていた。中学生が登下校時に歩いて渡る幅の狭いものだった。

私は、その場所に橋を架けるなら、人専用で無く、車がすれ違える6メートル幅の橋で無くてはダメだ、と主張した。車が通れないと、生活道路として役に立たず、地域の発展にもつながらない。ガンとして譲らない私の強硬姿勢が通り、一般道路橋として予算が付いた。もちろん、安全性も確保し、いまでも六中の生徒が、歩いたり自転車で登下校するのはもちろん、付近の人の欠かせない橋として重宝されている。

前橋市立第六中学校は、私の母校である。2年生まで総社中学校に通い、清里中学との合併で六中となった。六中在学は3年時の1年間だが、同級生や同窓の知人との熱い絆は、私の人生の宝の一つである

第五節　「だめ人間にならないために」
六中同窓会での話

六中とは卒業してからも縁が深い。1期生ということもあり、同窓会長を務めさせて頂いている。六中同窓会は、40年ほど前から、卒業式の前の日に同窓会入会式を開催している。卒業と同時に同窓会に入る、という計らいからである。

同窓会長として、私は自分の経験からいろいろな話をしてきた。その中で、「弱者を大事にして、いじめは絶対に許さない」や、「だめ人間にならないために」など反応も良く、卒業後何十年もたって会った同窓生から、「あの話は今も覚えている。ためになった」といった言葉を頂くことが何度もある。

そうした中で「過去・現在・未来」を主題にした話を取り上げてみよう。

◆過去にとらわれては成長できない「サーカスの象」の話

サーカスの象がいろいろな芸をするのを見たことがあるでしょう。曲芸をする象の足には足枷がはめられ、1メートル足らずの鎖で地面に打ち込んだ鉄棒に繋がれています。

子象の頃から芸の調教を受けますが、子象を繋いだ鎖の先の鉄棒は、太いものが地面に深く打ち込まれています。子象は何度も逃げようと鎖を引っ張るのですが無理です。毎日逃げようと鉄棒のまわりをぐるぐるまわるがだめ。結局象は大きくなってもその記憶があり、引き抜こうと思えば簡単に抜ける鉄棒に繋がれていても、引き抜くことを忘れ、逃げださないのだそうです。

この話の教訓は、過去にとらわれすぎるとどうなるか、ということです。勉強でも、運動でも、趣味でも、以前挑戦したがだめだった、として再度挑戦しない人は多いのです。最初から「ダメだろう」と思ってしまおうとしない人すらいます。これでは自分の夢は実現できません。

「過去のとらわれた象では、先は開けませんよ」

◆現状に満足したら成長できない「ビーカーの中のカエル」の話

理科の実験に使うビーカーに水を入れ、カエルを入れて下からアルコールランプで温めます。最初は水が冷たいのでカエルは飛び上がって逃げようとします。そのうち、温まってきてカエルはゆったりします。さらにアルコールランプで熱し続けます。

そのうちにビーカーに熱が加わり続け、やがてお湯は沸騰し始めます。そうなると、カエルはゆだって死んでしまいます。

この話の教訓は、現状に満足していると、やがてまわりの情勢の変化を見逃し、ひどい結末になるということです。結果として、自己満足で努力しない人は、自分の夢から遠ざかってしまう、というものです。

「現状に満足したカエルでは、何事も成し遂げられないよ」

◆未来を過小評価しない「ノミのジャンプ」の話

最近あまりノミの話を聞きません。以前は、不潔にしていると身体にノミがわき、大変かゆい思いをしたものです。ノミは4~5ミリくらいの小さな虫で、飛び跳ねる力が大変強く、逃げるときは30センチくらい飛び跳ねます。体長の50~60倍というジャンプです。

人間と単純に比べられませんが、もし人間がノミ並みのジャンプ力を持っていたら、70メートル、80メートルくらいは飛ぶくらいの跳躍力です。

中学を卒業し、これから自分の夢を実現しようとしている皆さんです、皆さんは無限大の可能性を秘めています。やろうと思えば、たいていのことはできるのです。大きな夢をもち、ジャンプしてください。ノミのジャンプは30センチですが、本人にとっては１００メートル近い跳躍です。

「月や宇宙に行ける時代です。未来を過小評価してはいけません」

同窓会の席を借りて、過去、現在、未来の話をしてみました。進学した学校や、社会に出て壁に突き当たったとき、一つでも思い出してもらえれば幸いです。

最後に先輩としての気持ちですが「夢や目標は、諦めてはいけません。諦めたらその時で全て終わりです。夢は持ち続けていれば、いつかはかなうのです」。

私たちは、同じ学び舎で学んだ同窓生です。この絆は、消しゴムでは決して消すことが出来ません。母校六中の名誉を汚すことなく、一緒に手を携えて頑張りましょう。

第3章

地域の仲間の後押しで市議を志す

秋元歴史まつり
秋元公歴史まつりは、総社の地域づくりに貢献した総社藩主の秋元氏を記念し、歴史に学ぶ一環として企画したもの。武者行列など各種のイベントが地域全体で行われる

第一節　豊かな伝統文化を持つ高井地区

私は地元で育ち、父の代からの仕事を受け継ぎ、地域の仲間と親しんできた。まさにふるさとに根を張った人生を生きてきた人間である。私にとってふるさとの人たちとの暮らしや、伝統的な行事、街の発展は何よりも大事な事柄だ。市会議員を志したのも、そうした地域への思いがあったからである。

この章では、政治活動に踏み出したきっかけを書いてみたいと思う。

総社は古代の律令制の時代から、栄えた地域だった。近隣には国分寺、国分尼寺などがあり、政治文化の中心として上野国の中心であり、中世、近世に至っても地域の核として重きをなした。

江戸時代には、幕臣秋元長朝が上杉景勝を降伏させた使者としての功績を認められ、当地に1万石の所領を与えられた。長朝は、天狗岩用水による地域開発に多大な功績を挙げ、領民一同からも感謝

総社地区の景観を代表する天狗岩用水。利根川の右岸に沿って南北に流れている

されたことは、よく知られている。

このような長い歴史を持つ地域だけに、住民の連帯感が強く、古くからの伝統を大事にしていた。伝統を守るということは、先祖の文化を尊重するという良い面もあるが、一方で因循固守とでも言おうか、新しい物や変化を嫌う保守的な態度にもつながる。

私の「政治への目覚め」は、仲間と力を合わせて改革する、という運動から始まった。

第二節　高友会の若い仲間と、盆踊り復活に挑む

会社の仕事が上向き始め、経営者同士の知り合いも増えてきた。自己と社会の開発を目指す青年会議所に入会し、同じ志を持つ者と人間的成長を図った。

子どもたちの成長に伴って、地元の保育園の保護者会長を通算7

総社二子山古墳
「二子山古墳」という古墳は、日本各地にあるが、群馬県には史跡となっているものだけでも、前橋高崎に3つある。総社二子山古墳は、その優美な姿で、地元の人たちの憩いの場になっている

年、勝山小学校ではＰＴＡ副会長から会長を務めさせて頂いた。ちょうど勝山小学校創立十周年に当たっていたので、記念事業として総社二子山古墳の十分の一の模型を校庭に築造した。古墳池に取り囲まれた全長十メートルにも及ぶ前方後円墳の模型は、子どもたちはもちろん、地域の人にとってもふるさとの歴史を振り返るいい機会となったと思う。

学校関係とは別に、総社地区体育協会高井体育委員を8年やり、その間、運動会などの体育行事で、テント張りや椅子運びなどの会場整備、運営などで汗を流した。

こうした地域とのつながりの中で、高井の「高友会」という若者の組織に所属し、交流を深めた。高友会の副会長に選ばれたのをきっかけに、私は会の刷新を試みた。というのは、高友会は地域の人、特に年配者や古老からはよく思われていなかったからだ。

「高友会の連中は、集まって酒ばかり飲んで騒ぎを起こしたり、ろくなことをしない」などと悪評を飛ばされていた。

勝山小に10分の1スケールで再現した二子山古墳

会のイメージを一新するために、仲間と地域活性化のためにアイデアを練った。そこで出た案の一つが伝統のある高井盆踊りの復活だった。

当時高井地区の盆踊りは、いろいろ問題があって途絶えていた。高友会が再開を提案しても反対が多く、そもそも会場であった公民館の庭が借りられない。「酒を飲んで騒ぎを起こす連中」という高友会のイメージが災いしたのだろう。

高友会は血気盛んな若者の集まりである。そんなことで挫《くじ》けはしない。実績で示そうと、とにかく実行に向けて力をあわせてがんばった。会場を人家から離れた五号公園にした。水とトイレはあったが電気がないため近くの新進から引かせてもらった。

私たち高友会が実施した盆踊りは、おかげさまで大好評だった。2年目はよりたくさんの参加者を集めた。3年間実績を積むと、さすがに先輩たちが集まっている自治会も無視できず、公式に町の行事として認知されることになった。その結果、本来の公民館の庭で

秋元公歴代墓所

実施することができるようになった。

私も高友会の仲間も「仲間が力を合わせてがんばれば、地域は変えられるんだ」という手応えを得た。何となく決まり切った因習に従うのではなく、みんなが良いと思うことは、どんどん進めていくべきだ、という「改革」の実感を、この盆踊りの復活は、実感させてくれた。

第三節　広報誌表紙を飾った写真にクレームがつく

後援会設立準備室が出来た頃の話である。一枚の写真がちょっとした騒動を巻き起こした。

高井地区の西端に東西堀《とうぜっぽり》という用水が流れている。流れに沿った堤が散歩道になっていて、ちょうどその時季、４００メートル程の区間を、コスモス街道として整備し、花がきれいに咲いていた。

『広報まえばし』の担当者がこの風景を使いたいと、撮影に来た。ある日、当時の高井自治会長の福島春寿《はるじゅ》氏が、高井公民館の一室にあった後援会準備室の事務所に来て「ここにいる者は、皆でトウゼッポリのコスモス街道を見に行ってくれないか」と声をかけた。いやも応もなく、私を含めそこにいた7～8人が見物に出かけ、広報誌の写真撮影のモデルになった。私たちにしてみれば、地元の宣伝に一役買ったつもりだった。

ところがこの写真が一騒動巻き起こすことになる。コスモスが見事だったのはもちろん、モデルが美男美女?だったせいか、その写真は『広報まえばし』の表紙に使われた。これを見た地元総社地区の現職の市会議員が「前橋市は、特定候補予定者の選挙の事前運動の手助けをするのか」と、市の広報室に怒鳴り込んだ。この話を自治会長から聞いて、私はあっけにとられた。

私たちにしてみれば、たまたまその場に居合わせ、自治会長のご指示によってモデル、いや、コスモス街道の背景になっただけであ

天狗
名称のいわれは、取水口付近にあった巨大な岩を、一人の山伏が現れ、この岩を動かして水路をつくった、という伝説にもとづく。この山伏が「天狗の化身」と言われたためである

る。それを「事前運動」と勘ぐられるのは、不本意だった。

この小さな事件が示すのは、現職を中心とするいわゆる「守旧派」が、新しく改革ののろしを上げた私たちに対し、大きな警戒心を持っていたことである。

写真以外にも、地区の行事の妨害、個人を対象に締め付けをするなど、さまざまな局面で「守旧派」たちの攻勢が続いた。一方、元気いっぱいの私たちは、妨害も気にならず、いや、妨害があればあるほど後援会づくりに邁進していった。

第四節　地元自治会の推薦と後援会づくり

人の世で事をなすには、まず人である。商売もそうだが、政治の世界、特に選挙に打って出ようという新人にとって、佳き人を得ることが全てといっても過言ではない。その点、私は最初からこれ以

天狗岩用水の水力発電所
明治27年、天狗岩用水に全国で5番目、県内で初の水力発電所がつくられた。天狗岩用水の急流部に水車を設け、発電した

上無いというくらい素晴らしい人たちに恵まれた。

昭和60年（1985）、私は胸に秘めていた市議選出馬への思いを、中学の同級生数人に打ち明けた。

「ようやく決心が付いたか。遅いくらいだよ。我々は、大武がいつ出るか待っていたんだよ」と同級生は私の肩を叩いた。

その話の直後、30人ほどが集まり、私の出馬を応援してくれることになった。噂が地域に広がり、あちこちで声をかけられた。

「仁作さん、出るんだって？　本当かい、うれしいよ」

「過去に総社地区から2人出る出ると言ってたが、結局腰砕けになっているんだ。大武が本当に出るのなら、応援するよ」といった声が多く届くようになり、私の気持ちを後押ししてくれた。私は手順を間違えないように、慎重に準備を進めることにした。

市議会議員は、地域対抗戦の要素が強く、地元自治会の推薦は最低限必要だと思われた。そのため、まず自治会長のお宅に出向き、地元自治会の推薦をお願いした。

選挙事務所に集まった支援者たち。ありがたいことに、私の出馬を聞いた方々の中には、声をかけるまでも無く、手弁当で手伝ってくれる人がたくさんいた

これを受け、昭和61年（1986）1月15日、高井地区の元市議2人、自治会長経験者4人、自治会正副会長2人で自治会推薦会議が行われた。

結果は「まだ、若い。地区の要職（民生委員、自治会長）の経験も無い」「この先どうなるかも分からない者を、二つ返事で推薦するわけにはいかない」「そうは簡単に火中の栗は拾えない」などと言う意見だった。

推薦は頂けなかったが、一方、私の周囲では、出馬に賛同してくれる人たちの輪がどんどん広がっていった。経験豊富な地域の実力者たちの「若すぎる」という意見に対し、私を応援してくれる者の多くは同級生などの若い世代である。推薦が頂けなかったということは、不安であったが、他方、時代を若い世代が変えていかなくてはいけない、という勢いを感じつつあった。

推薦拒否の報を受け、かねてから私の気持ちを理解してくれていた高井の中堅層の実力者である福島秋夫氏（後の後援会長）をはじめ、神宮敏雄氏、武藤利男氏、大谷弘氏、佐伯詔一氏らが支援の中核となって動き出した。後に「高井五人組」と呼ばれるようになる方々である。五人組は、私の同級生よりも上の世代で、自治会長経験者など地域の長老と親しく話せる立場だった。五人組が根気よく長老たちを訪ねて話してくれた結果、非公式ながら、自治会の推薦会議の長老が、五人組の意見を聞く機会をつくってくれた。

五人組と長老たちの集まりでは、率直な意見が交わされたと後で私は聞いた。

「総社で最も世帯数の多い高井から議員が出ていない。地域の声を市政に届けるものがいなくては、今にぺんぺん草が生えてしまう。このままでは、地域の古き良きつながりも途絶えてしまう」という五人組の意見に対しては、「何がぺんぺん草だ。市議などいなくても困らない。その意見を取り消せ」などという反論が長老側から出た。

「ぺんぺん草」発言をした五人組の一人は、長老の意見なので直ちに謝罪してことをおさめた。

「私の発言がお気に障ったのでしたら取り消します。ただ、この地域をなんとかしたいという一念から出た言葉ですので、お許しください」とわびた。さらに、翌朝、長老の家に出向いて発言の真意をご説明し、お互いに誤解は解けた。

この会議の様子がまわりに伝わると、ますます「この地域を若い世代でなんとかしたい」という気運が盛り上がった。こうした声が伝わったのだろうか、その3カ月後、再度自治会推薦会議が開かれることになった。

二度目の推薦会議の当日、六中の同級生を中心に、先輩後輩を含めた約80人の若者が、会議の前に別の場所に集合した。そして、熱い思いを抱きながら、会議が開かれる高井公民館に歩いて向かった。

私の支持者たちは、推薦会議には参加できないので、公民館の中にも入れない。庭に集まって語り合い、思いを確認し合っていた。

そこに推薦会議の長老たちが到着した。ある出席者は、「こんな

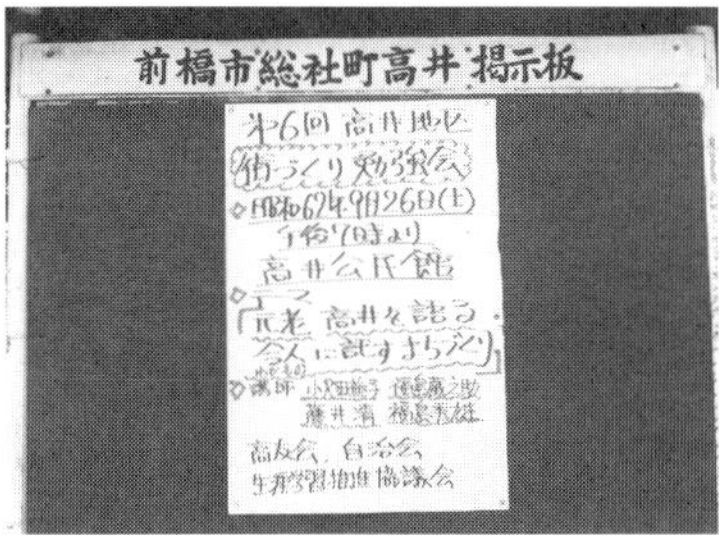

昭和62年9月、高友会などが主催した「街づくり勉強会」の告知。講師を福島蔵之助氏らにお願いした

に若い者が集まって何事だい？」とつぶやいて公民館に入っていったという。

庭に集合した私たちは固唾をのんで結論が出るのを待っていた。結果は翌日私に伝えられた。

「大武君の情熱とやる気、そして大勢の六中の仲間が支援し、地元でも相当の支持者がいる」

「自治会としては若い芽を摘むことはしない。高井自治会の推薦者として、初期の目的を達成して頂きたい」

「しかし、現職議員もいるので、一方につくこともできない場面もあるから、承知おき願いたい」との言葉であった。

これによって私は地元の推薦を頂いて、市議選に出馬することになった。

まず、後援会準備室の事務長を、小畑賢氏にお願いした。小畑氏は、次の高井自治会長候補で、地域から信頼を集めていた人だった。私より二回りほど先輩で、子どもの頃、家が近所同士。庭でよく遊ばせてもらったという旧知の方だった。

賢さんは（近しい先輩なのでそう呼ばせて頂く）農業をずっとやってこられ、その篤実な性格から地域のリーダー格だった。昔の出来事や故事をよく知り、特に人間関係に詳しかった。

要となる後援事務局長には、都丸耕治氏にお願いした。耕治氏は兄の同級生で、父の高親さんは、昭和29年（１９５４）に前橋市と合併した旧群馬郡総社町の最後の町長だった方である。耕治さんは、前々から「本当に出るなら協力するぜ」と言ってくれていた。その言葉に甘えたのである。

元々私を担いでくれた「五人組」に都丸事務局長を加え、後援会長選びにかかった。会長を誰にお願いするかは、今後の運動の方向性が決まる重要な案件である。その結果、五人組の一人である福島秋夫氏しかないと衆議一決し、引き受けて頂いた。秋夫氏の父は、旧総社町が前橋市と合併した際、この高井から市議会議員に立候補し、トップ当選した福島藏之助氏だ。秋夫氏は、もとより五人組と

支部結成会合

して気持ちが通じ合い、私の改革への理想もよく理解してくれている。社会的には群馬蚕種の社長として多いに活躍されていた。
これら有力な方の支援を受けたことで、多くの方から「大武さんは、いいところに草履が脱げたねえ。鬼に金棒だよ」などと言われた。「草履を脱ぐ」とは、よい仲間、コミュニティーと組んだ、ということである。

第五節　地区ごとに「座談会」を開き、後援会を固める

幹部が決まった後は、後援会の本体づくりに取りかかった。

まず高井地区では、自治会長経験者のお力を得て、町内の隣組の組長宅で「座談会」を開催した。これは組長のご自宅を会場に、隣組を中心に数人から十数人の方に集まって頂き、文字通り膝をつき

選挙では、後援会の婦人たちが陰になり日向になり手助けしてくれた。掃除やお茶出し、事務所の雑務など、目立たない仕事を黙々とこなしてくれた数多くの支援者には、深く感謝している

合わせて話をする集まりである。

同じ地区といってもなじみのない方も多い。座談会では、私自身の紹介から始め、地域に対する考え、これからの市政をどうするかなど、話は多岐にわたった。

普通の住宅の座敷に沢山の人が集まる。福島秋夫後援会長をはじめ、五人組も可能な限り参加した。妻もほとんど一緒だった。隣組といっても顔見知り程度で、一度も入ったことのない家も多い。大きな門構えのお屋敷だと、敷居をまたぐだけで緊張する。しかし、最初は硬くなっていても、私がざっくばらんに始めると、だんだんみんなが胸襟を開いてくれる。

政治的には反対の意見の方もいる。でも同じ地区に住む者同士で、地元をよくしたいという願いは同じだ。話せば分かるというのはまさに真実で、実際に面と向かって言葉を交わせば、心も伝わってくるのだ。

総社の13地区、清里の5地区に後援会をつくることを目指して私

六中の仲間たちが集まってつくった「六仁会」の集会。私と一心同体となって運動してくれた

と五人組は活動を続けた。

私の後援組織で大きかった一つは、「六仁会」である。母校の前橋第六中学校の同窓生が集まったもので、約１５０人ほどいた。会長は木暮高也氏、今は簡易郵便局長をしている。当時は農業資材などを扱っていた。六中の同級生の頃は、それ程目立つ方ではなかったが、着実な仕事ぶりと、誠実な人柄で頼りになる仲間だった。

六仁会のメンバーは地域全域にわたって地縁・血縁を持つものが多く、後援会を広げていくときに大きな力になってくれた。例えば、私や五人組のコネが無い地域に進出する場合、その周辺に住む六仁会のメンバーに「その地区の若者に信頼されている次世代のリーダー格の人」を教えてもらい、同行してあいさつした。

こうして地盤を広げていくと、初めて行く地区の方でも「大武の話はあちこちで聞いているぞ」などと励まされたりした。一方で現職議員の嫌がらせとも思える話も伝わってきた。いわゆる反対派の方でも、実際に訪れて話をすると「会って話すと印象が違う。こんなやつとは思わなかった」と逆に味方をしてくれるようになったりした。毎日何人に会えるか分からないが、負けず挫けず、地道にやっていくことが大切だ、と自分に言い聞かせて地域を歩き回る日々が続いた。

選挙中は、事務所に常に支援者が集まり、運動の方針や現状報告など、熱く語り合った。左から、萩原保氏、都丸耕治氏、福島秋夫後援会長、萩原県議、藤嶋市長、小野里節司氏

第4章

選挙のときこそ、人の本当の気持ちがあらわれる

福島秋夫後援会長に送られて遊説に出発

1回目の選挙で演説する私。写真ではわかりにくいが、横の扉が開くウィングボディーのトラックの荷台を演壇にしている

第一節 「人と並んで走る」ことの大事さ

後援会の拡充活動を進めていると、沢山の人と出会う。普段の生活での出会いと違い、政治の道を志しての出会いは、印象深いものがいくつもあった。最初の頃でよく覚えているエピソードがある。

六仁会は、第六中学校の同期生が中心の集まりだ。当時の総社、清里地区は農業地帯で、当然農家出身の生徒が多かった。中学を出た後の進路も、それを反映して農業高校進学者が多く、工業高校や商業高校等が続いた。上級学校進学が多い普通高校に行く生徒は少なく、全体の数パーセントくらいだったのではないか。私は家が測量会社だったが自分の可能性を試したく普通高校に進んだ。

後援会の役員もしてくれた蜂巣美保氏は六仁会のメンバーで、中学の同級生、農業高校に進み、その後は実家の農家を継いでいた。後援会づくりのため、各地区ごとに六仁会を中心に地域の人々に寄ってもらって公民館で集会を開いた。

出陣のときは、責任感と緊張で体が震える思いだった。いつも「帰る道は無い」の心境でスタートした

池端地区の集会に集まってくれた人たちに、彼はこんな話をして私を紹介した。「同じ中学校を卒業した同級生でも変わるやつが居る。高校時代は何処の高校でも中間テスト・期末テストの時期はほぼ同じだった。早めの下校時に、よく自転車で行き会う普通高校へ進学した同じクラスだった奴は、あいさつもしないで急いで追い抜いて行った。早く帰って勉強でもするんだろうと何か寂しさを覚えた。クラスが違っても大武は、自転車で俺に追い付くと『やあ！しばらく』と言って一緒に並んで走って、おしゃべりをしながら帰ってくれる…そんな奴だった。俺はこの事が大武に関して一番印象に残っているんだよ」

最初の市議選では、選挙カーの手配から、ウグイス嬢の紹介まで経験者の方にノウハウを教わり準備を整えた

第二節　選挙は「人生をかけた戦争」

当時から「受験戦争」などと言われていたから、進学校に行くだけで、実業校に行った友達を見下す人もいたのかもしれない。

自転車のことは私自身忘れていたが、中学の時の知り合いと会えば、前と同じように並んで走るのが当然だろう。私は単純にそう思って並んだのだと思う。

学歴などで人を区別するのは良くない。そう思っていても、言動の端々に本音が出てくることがある。人は普段の暮らしの中で、他人の本当の人間性を見ているのだ。

人の信頼というのは、欲得などでなく、やはり人間性を信じられるかどうかだろう。選挙運動をしていると、人間の勉強になる、とつくづく思った。

普段の生活で人と接していても、その人の本心はなかなか分からない。でも、選挙とはある意味「人生をかけた戦争」である。その

3回目の選挙の際の光景。後援会もこの頃になるとしっかりした基盤を確保し、選挙戦もかなり手慣れてきた

人の本当の気持ちがあらわれる。普段は愛想がいいが、それが表面的なものだとわかったり、いつもは愛想の無い人が、実は汗をかいて動いてくれたりする。その意味で、当落は別として、私は選挙から多くのものを学んだ。

第三節　後援会の形が整う

後援会は地区別に総社12地区、清里5地区の17支部を中心に、部門別の組織を続々とつくっていった。青年会議所の有志の「青仁会」が約80人、ロータリークラブ有志の「武仁会」が約50人、仕事関係の「京人会」が約20人、親戚関係の「親戚会」は約２００人などを組織した。

後援会の会長は、福島秋夫氏、役員は副会長に萩原保氏、幹事長に笠井好貴氏、事務局長に都丸耕治氏などだった。

第1回と第2回の選挙ではトップ当選し、その後も高得票を重ねた。これも全て支持者のご支援の賜物である

概ね形の整った大武仁作後援会の全体役員会議を開催した。ここで私は次のようなあいさつを述べた。

「後援会長には、地元高井の福島秋夫様に就任頂き、本部役員も決まり、地区内外にわたる支援組織の発足が進み、この上ない感激です。後援会結成に当たって、自ら進んで汗をかいて頂いた六仁会の皆様には、本当に心からお礼を申し上げます。

今回の出馬については、私自ら地域を、前橋を、変えていこうという心構えで、手を挙げさせて頂きました」

また、各地の集会では、私は次のように言葉で皆様に語りかけた。

「『鮎は瀬で泳ぎ、鳥は木で休み、人は情けの下に住む』と言われます。まさに私のような若輩者が、このように温かい人々に巡り会え、皆様の情けの下で目標達成のために戦える準備が出来たことは、心強い限りです。今の心境は、ただただ感謝の一言に尽きます」

立候補は初めてだが、私は地域の皆様の熱い気持ちを感じ、「これは、行けるかも」と密かに感じるものがあった。

私の選挙の応援に来てくれた萩原弥惣治氏、福田宏一参議院議員

第四節　早朝訪問に行きあぐねて、父の墓前で祈りをささげる

組織ができてからは、17支部のあいさつ回りが始まった。支部の人を知る役員と行くこともあり、一人で行くこともあった。ある役員から「昼間は留守の家も多いから、朝行ったらどうか」といわれ、冬の朝、まだ暗いうちに家を出てあいさつに回った。

朝は確かに家に人はいるが、早朝訪れると「誰が来たのか？」と驚かれる家も多く、こちらも朝の忙しい時間にお邪魔するのが心苦しくなった。

ある朝、自転車で犬の散歩をしている人を見かけ、声をかけた。いつものように名刺を差し出し、頭を下げて自己紹介をしていると、犬が私の背後から回り込んで、右手薬指に噛みついた。怪しいヤツから主人を守ろうとする犬の忠義からだろうが、血が出るほどの傷になった。

選挙事務所は、母の実家の本家の敷地を借り、選挙事務所を設けた

必勝を願ってだるまに左目を入れる

後に選挙が始まったら、その犬の飼い主の方が、ミカン箱を10箱もってあいさつに見えられた。いろいろな縁があるものだと思う。

そんなこんなで早朝のあいさつ回りは、なかなか気苦労が多かった。訪ねてもすでに出勤して留守だったり、逆に仕事中で会えなかったりして、気持ちが落ち込んでくることが多かった。

行く家の当てもなく、疲れて足取りも重くなるとき、自然と足が向いたのが父の眠る墓地だった。墓石に向かって手を合わせ、これまでの報告を行い、父と先祖の霊の加護を祈る。墓前にぬかづき、心の中で父の霊と対話していると、心は落ち着き、静かな力が体に満ちてくるのを感じた。

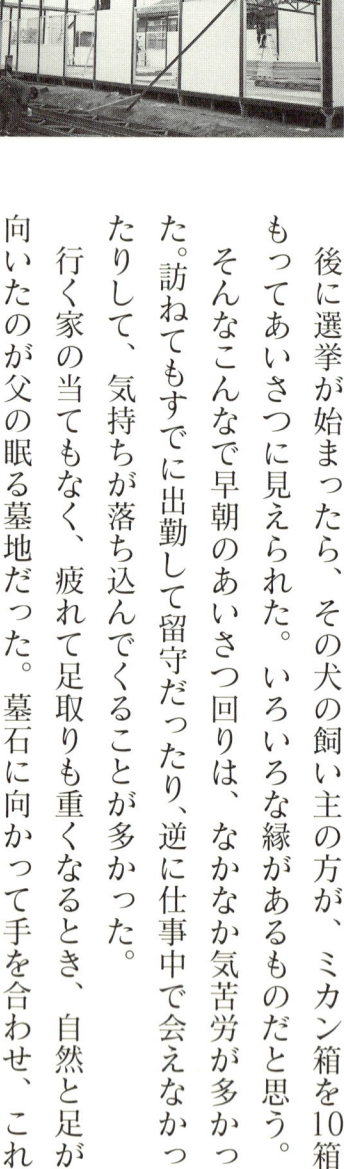

雨の中たくさんの支持者が集まってくれた。後にある人から「立候補者が屋根の下にいて、来た人が雨の中じゃ、まずいなあ」と指摘された。トラックの仮設演壇とはいえ、確かに私は屋根の下にいた。貴重な示唆と思い、以後その言葉は、私の政治運動の大事な礎となった

第五節　雨の日の事務所開き

選挙戦が近づくにつれ、高井町自治会長経験者が先頭に立って動いてくれた。これほど応援してくれるなら、なんで最初に推薦をお願いに行ったときに、ＮＯだったのか。私としては、つい愚痴も言いたくなる。

後で思い直してみると、最初の時に高井町自治会が私の推薦を決めなかったのは、私の覚悟の程を試したのではないかと思う。「この若造に、どれだけの人がついて行くのだろうか？」という見極めもあったろう。

選挙事務所は、産業道路に面した高井町交差点南にある、母の実家の本家、藤井恒雄さんの畑をお借りした。ここを拠点に1週間の選挙戦がスタートする。

事務所開きの日は雨だった。８００人ほどの支持者が集まってくれた。吉沢運送さんから借りたトラックを事務所の前に止め、荷台

雨の中たくさんの支持者が集まってくれた

のウィング（上に開く車体横のドア）を開け、荷台に上ってあいさつをした。

終わった後、後援会の幹部の一人から「お前、屋根（ウィング）の下で話をしたろう。支援者は雨の中を傘を差したりして聞いているんだ。ああいうときは雨に濡れて話をした方がいい」と言われた。なるほど、選挙とはそういうものだろうと実感した。

第六節　出陣式は、「死して屍拾うものなし」の心がけで望む

前橋市議会議員に立候補した最初の出陣式に臨み、私はここまで応援してくれた支援者たちに次のような言葉で、選挙戦への覚悟を語った。

大江戸捜査網

「大江戸捜査網」は、テレビ東京で放送されていた時代劇シリーズ。劇中で同心が唱える決まったセリフがあり、私の心意気にぴったりなので、選挙のときにもよく引用した。

「隠密同心 心得之條 我が命我がものと思わず 武門之儀あくまで陰にて 己の器量伏し 御下命 如何にても果す可し 尚 死して屍拾う者無し 死して屍拾う者無し」

特に末尾の「死して屍拾う者無し」は、退路を断って選挙に打って出る決意の象徴として使わせてもらった

「己れの器量伏し、御下命、如何にても果す可し。
尚、死して屍、拾う者無し。死して屍、拾う者無し」

これは当時テレビで放送されていた『大江戸捜査網』というドラマのエンディングに入るナレーションから引いたものである。里見浩太朗主演の時代劇だが、仕事にかける決意、名誉や報酬を求めない潔さ、何より、失敗を恐れない覚悟に打たれた。

その『大江戸捜査網』の言葉を借りて、私自身の選挙に打って出る固い決意を訴えたものだった。「死して屍を拾う者無し」とは、もし落選しても誰も面倒を見る人はいないんだよ、という自分自身への戒めである。

選挙で訴えた政策は「若い情熱（ちから）を市政に」である。とにかく、現状維持では時代に取り残される。社会の変化にあった改革を推し進めなくてはならない。それには、未来を見据えた若い力が必要だ。そのような気持ちを込めて、選挙運動に駆け回った。

選挙ポスター

平成元年　1期目

平成5年　2期目

平成9年　3期目

選挙中の1週間は、とにかく夢中で力いっぱい戦った。無我夢中だったといっていい。

いまでも思い出深いのは、選挙戦最後の土曜日、六中地区を重点的に遊説した時のことだ。午後6時から総社町のメインストリートを徒歩遊説した。大渡通りから選挙事務所まで宣伝カーと六仁会、やまゆり会を先頭に支部役員が連なって行進をした。

第七節　最後の行進に手応えあり

これが最後の訴えだと思うと、疲れた体に力がわいてきた。私は手を振る人などがいると、行列から飛び出て、道路の反対側に飛び出してお願いの握手をしたりした。あまり私が飛び回るので、車にひかれないようにと心配した六仁会の若者が数人、ガードマン代わりに私を取り囲んで守ってくれたりした。

平成13年　4期目

平成17年　5期目

選挙ポスターにイラストを使った例はかつて無かったとのこと

町を歩くにつれ沿道に出ていた人たちが行列に加わった。歩いている私たちみんなが何かに取り憑かれたように町の人に声をかけ、最後のお願いを繰り返した。あのように気分が高揚したことは、生涯に何度もないことだった。

　そういえば、行進の途中、たまたま現職の候補者の選挙カーが、音量を上げて正面からやってきた。彼らは、通りいっぱいに行進する私たちを見てびっくりしたのか、一言も発せずに走り去ってしまった。

　さらに総社から立候補した革新系の新人候補者が後方からやってきた。選挙終盤には、このように候補者がぶつかることがよくある。その候補者は、先ほどの現職とは反対に、選挙カーのスピーカーの音量を上げ、本人が怒鳴るように叫びながら、私たちの行進を引きさいていった。

　約1時間半をかけた行進の目的地である選挙事務所に到着すると、バラックの中はもちろん、入りきれない支持者が敷地いっぱい

初立候補のとき、壇上で演説する私と横に立つ妻の照代

に集まっていた。私もあいさつに立ったが、マイクの音も打ち消されるような興奮のなかで、みんなが政治に参加した喜びや、改革への実感を感じて熱くなっていた。

選挙が終わった後から聞いた話だが、後援会長が選挙カーのウグイス嬢からこんな話を聞いたと語ってくれた。「私たちは何度も選挙に関わっています。それだけ選挙慣れしているはずですが、大武さんの行進ほど盛り上がり、こんな気持ちよくお手伝いできたのは初めてです。７日間の運動中、市民の反応が非常にとても良かった。特に最終日の行進の盛り上がりは、生まれて初めての体験です。これなら間違いなくトップ当選ですよ」

果たして、その予言は当たることになる。

第5章

市会議員に当選し、政治家の道を歩み始める

開票を伝えるテレビ画面を食い入るように見守っていた

第一節　第1回前橋市議選立候補者でトップ当選する

私の地区の投票所は、勝山小学校である。妻と2人で投票に出かけた。勝山小は、以前、私がＰＴＡ会長だったところで、懐かしい思い出がいっぱいある。

すでに記したが、開校10周年記念事業として、二子山古墳の10分の1の模型を築造したこともある。古墳は小学校の門を入って右側にあり、古墳を取り囲む池では、鯉が勢いよく泳いでいた。かたわらの記念碑には、事業に協力してくれた方々の名前に並んで私の名前も刻んである。妻とそれを確かめ、地域のために努めてきたことを振り返り、感慨もひとしおだった。

投票所では自分の名前を書き、行き交う人々とあいさつを交わしながら「自分が立候補した選挙とは、こういうものか」という実感を新たにした。

開票速報を伝えるテレビ画面。一番上に自分の名前があったのを見たときは、うれしかった

前橋市議選は当日開票である。開票所には、六仁会のメンバーが数人詰めていて適宜情報を伝えてくれる。地元の群馬テレビの会報速報よりも、六仁会の情報の方が早かった。

私は、結果が出るまで自宅で待つことにした。熱心な支持者たちや、家族と一緒に群馬テレビを見ていると、2度目の速報で当選が出た。すぐに選挙事務所に駆けつけると、すでに大勢の人が集まり、私が入っていくと歓声が沸き起こった。とりあえずあいさつをと、マイクを手に握ったが、手が震え、涙がこぼれて声にならない。やっとの思いで「ありがとうございました。まだまだ実感はありませんが、この当選は、私の当選でなく、皆様の当選だと思います。本当にありがとうございました」とのべた。

あいさつもそこそこに、後援会長から「クルマが用意してあるから、すぐ群馬テレビに行って」と選挙事務所を押し出された。

群馬テレビに着くと玄関に同社の村田英輔氏が「大武、遅いぞ。一番に来ると思っていたよ。こっちだこっちだ」と案内をしてくれ

初当選のとき、群馬テレビから呼び出されて出演した

た。村田氏は群馬銀行から群馬テレビに出向していた青仁会のメンバーだった。

出演順は2番目だったが、まさかこういう形で出るとは思っていなかった。軽くメイクをしてすぐ本番だった。別の候補者が一人すでにスタジオに入っていて、インタビューを受けていた。

私の番が来た。これまでの運動の日々、仲間の熱い支援などが思い起こされ、万感胸に迫るものがあった。正直、何を聞かれどう答えたかさっぱり覚えていない。ただ、感謝と感激でいっぱいの胸中を語ったのだと思う。

帰りに群馬テレビのネームが入ったネクタイを記念品として頂いた。

当選時の胴上げのシーン。気恥ずかしいものだが、応援してくれた人たちも、喜びを表すためにぜひ、というのでお任せした

第二節　選挙事務所で支援者の祝福を受ける

選挙事務所に戻ると、テレビの速報を見た支持者や関係者が大勢集まり、事務所内には熱気と喜びの声でむせかえるようだった。

後援会役員の御礼のあいさつが行われ、私が入っていくと歓声が沸き起こった。その後はお祝いや万歳が相次いだ。テレビの速報では、常にトップの得票数だったが、なかなか順位の確定が出なかった。

得票数はトップなら、トップ当選には変わりない。改めて万歳三唱が行われ、選挙期間中私たちを見守ってくれたダルマの目入れ式がすんだころ、3人のウグイス嬢たちが駆けつけてくれ、私と妻に大きな花束を渡してくれた。

次はお世話になった支部のあいさつ回りである。支部長さんのお宅にうかがうと、テレビの速報を見ている方が多く、すでに当選祝いの赤飯と日本酒が用意されていた。

トップの得票で当選し、祝いを受ける私。出馬前には厳しい戦いを予想していたが、その頑張りが伝わったのか、たくさんの票を得て、支持者全員が我がことのように喜んでくれた

支部には支部ごとの支援者が集まり、どこに行ってもお祝いと歓迎の声であふれていた。私は、お礼の言葉と、これからの決意を述べた。

全部の支部を回るとすでに12時を過ぎていた。事務所に帰ると、まだまだ大勢の支援者が残っていてくれた。改めてお世話になった一人一人と固い握手を交わし、「人は情けの下に住む」という言葉が身にしみて思い起こされた。

選挙事務所を後にし、自宅に戻る夜道で、私は星空を見上げながら「私は何という幸せものなんだろう。みんなが私に寄せてくれた一票を決して忘れず、市議の仕事を通してお返ししていこう」と、固く心に誓った。

第三節　トップ当選は、証書の授与式でもトップ

翌日、平成元年2月15日が当選証書の授与式である。市役所に初登庁し、会場で待っていると、顔なじみの当選者たち、初対面の議員たちが続々と集まってくる。

私は初当選なので勝手がよく分からない。新人なので隅にいたら、係の人が「当選順（得票順）に席についてください」と呼ばれ、一番前に座ることになった。

気のせいか、他の議員たちが「トップの大武というのは、どういうやつなんだろう？」と注視しているような気がして、緊張が高まった。

定刻になり席が一つ空席だったが、認証式が始まった。最初に「大武仁作さん」と呼ばれ中央の演壇の前に立つと、選挙管理委員長の下村善太郎氏から当選証書を渡された。下村氏は、私の後援会長の福島氏と昵懇《じっこん》の間柄なので、私の情報も入っていたの

前橋市役所

だろう。証書を渡されるときの微笑みが、ひときわあたたかく感じられた。

その時会場がざわめいた。一つ空席だった当選議員が遅れて到着したのだ。何でも、前日伊香保で当選祝いをやって寝過ごしたという、毫《ごう》の者だった。

初めての市会議員選挙、それもトップ当選という事態に、私は責務の重さや、多くの方への恩返しといった重責を実感し、体が震えるほどだった。

まさか初めての挑戦で当選というのも意外だったが、トップ当選というのはさらに驚きの結果だった。まさに、ウグイス嬢が予言したとおりの結果だったわけだ。

その後私は5回の選挙を戦うことになる。これまでの得票数と順位を書いておこう。

議事堂

○第1回
平成元年2月14日　5185票（トップ当選）

○第2回
平成5年2月14日　5209票（トップ当選）

○第3回
平成9年2月16日　4388票（第3位）

○第4回
平成13年2月18日　4015票（第5位）

○第5回
平成17年2月20日　3309票（第13位）

平成元年2月15日

当選証書の授与式

「秋元公まつり」事始め

力田遺愛の碑

第一節　「ふるさと愛教育」から、秋元公まつりを生む

鎧甲を身につけた武者行列で知られる秋元公まつりは、今では前橋四公祭の一つに数えられるほど大きくなり今日に続いている。地元で名高い秋元公を主題にした催しをしたい、という思いは、以前からもっていた。それを多くの方々の協力によって実現できたことは、大きな喜びである。

天狗岩用水をつくり、領内の耕地を広げ、善政を敷いた秋元公は、地元ではもちろん、歴史的にも立派な藩主として名高い。力田遺愛《りきでんいあい》の碑など、公を顕彰する石碑や史書の記述はあるが、一般の人の関心を呼び起こすような「何か」が欲しい、と私はかねてから思っていた。

きっかけは平成2年（１９９０）3月に報告書が出た『総社・元総社歴史の散歩道計画～地域資産のネットワークによるまちづくり

第1回秋元公まつりの武者行列では、藤嶋清多前橋市長に大大将鎧を着て頂いた

〜』である。これは、財団法人観光資源保護財団（日本ナショナルトラスト）が、日本全国にある、あまり知られていないが、価値ある歴史や文化的な資産を持った地域を調査し、地域おこしに役立つ提言をするものだ。

進士五十八（東京農業大学教授）、磯田利治（ランドスケープコンサルタント）などの専門家各氏をはじめ、ナショナルトラスト、前橋市が協力して委員会を組織した。前年から調査に入り、翌年分厚い報告書が出されたのが、先ほど上げた「歴史の散歩道計画」である。

地域活性化とは、外来の観光客を集めることだけが目的ではない。まず、地域住民自らが、地元の歴史、文化、伝承に関心を持ち、コミュニティーの中で継続的な市民活動として、「地域の歴史に親しむ」ことを続けることが大事であると指摘されている。

調査が行われた平成元年は、私が前橋市会議員に初当選した年だった。私にとって記念すべき年に、地域のためになにか形に残ることをしたいと念じていた矢先だった。ナショナルトラストの調査

前橋市総社歴史資料館
県内はもとより、全国的に有数の歴史遺産を誇る総社地区の歴史資産を紹介する施設。古墳群の出土品、天狗岩用水開削の資料、秋元氏の紹介など、豊富な展示物がある
右写真は前橋市総社歴史資料館正門

を知った時、私は「これはチャンスだ、市議初当選のタイミングといい、天の配偶である」と直感し、街づくりの夢が膨らんだ。
ふるさとの歴史や知恵を学び、それを基礎に地域おこしをするために、私は「ふるさと愛教育」を提唱した。

地域に新しい建物を造ったり、企業を誘致しても、それが本当に地元の活性化になるかどうかは別問題である。かえって地域の特色をなくしたり、古くからある伝統が失われたりして、逆に空洞化を招くことさえある。

本当の意味の地域の活性化は、まず、その土地に歴史や伝統、特に先人の業績、知恵を学び、その基盤の上で改革を行うことだ、と私は確信している。そのためには地元住民がふるさとの伝統文化を知らなくてはならない。これを「ふるさと愛教育」と言ったのである。

なぜなら地元の魅力を大きく広める絶好の機会だからだ。地元議員としては、絶対にやらなくてはならない仕事だと決意した。これが、秋元公まつり、武者行列の創始につながっていく。

前橋市総社歴史資料館（写真は前橋市総社歴史資料館ホームページより）

第二節　勉強会、施設見学、資料展示説明会で地元の関心を盛り上げる

まず、総社町自治会連合会に呼びかけ、日本ナショナルトラストの報告書の勉強会を開くことにした。地元の人たちは、当然調査団が地域をくまなく調べていたことを知っている。報告書の内容は、これまで漠然と知っていたふるさとの伝承や遺跡などが、歴史的な価値があることを明らかにした。また、その資産をもとに、どうしたら今後の町おこしにつなげていくか、という提言が詰まっていた。絶好の教科書というべきものだった。

私たちは、報告書を一項目ごとにつぶさに勉強し、それぞれの意見を出し合った。総社の古墳群、山王廃寺塔、根巻石、そして天狗岩用水、力田遺愛の碑と、東国の奈良と言われた古代から中世、秋元公が開発の基礎をつくった近世と、改めて地元の歴史遺産が豊富なこと、その資産を受け継いでいく意味でも、町おこしが大事なこ

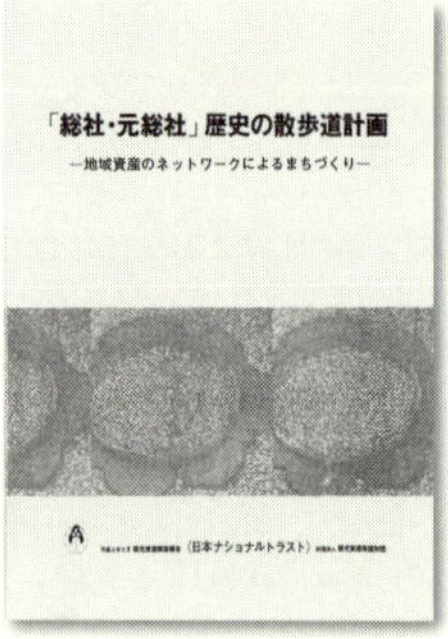

始まりとなった『「総社・元総社」歴史の散歩道計画』の表紙

天狗岩用水と民家。昔ながらの風情を感じさせるエリア。『総社・元総社歴史の散歩道計画』より

とを確認することができた。

自治会長さんぐらいになると、歴史に詳しく、郷土文化について一家言《いっかげん》ある方が多い。年齢も当時の私の父親くらいで、人生経験豊富な方々から、地域への思いを聞くことは大変勉強になった。

勉強会をした自治会長さんたちが、地域の歴史好きの人に会の内容を話す。そういった流れで地域全体に歴史文化への関心が湧き上がってきた。平成２年の総社地区文化祭では、秋元公に関する施設・史跡見学、資料展示説明会を開催し、さらに多くの人の興味を呼び起こした。

平成４年には、前橋市にとって大きなエポックとなる市制百周年が控えていた。私は、地域の人々に、百周年のプレイベントとして、総社地区の祭りとして、武者行列をしてはどうか、と提案したのである。

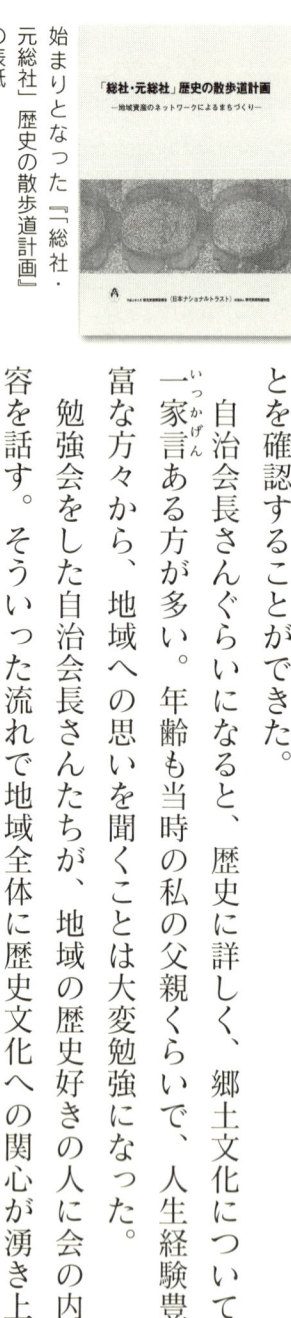

立石橋と天狗岩用水。この周辺は、デザイン性の少ないフェンスなどがあり、歴史的な景観を損ねていると指摘された

二子山古墳。価値の高い史跡だが、コンクリートや鉄のフェンスがアンバランスで、調和が取れていない。『総社・元総社歴史の散歩道計画』より

図－2　総社地区における主な歴史的資産の位置図

1	一本木稲荷神社
2	観音寺
3	関口専司の碑
4	諏訪神社
5	元景寺
6	双体道祖神
7	五千石用水
8	植野発電所跡
9	天狗岩用水
10	愛宕山古墳
11	二子山古墳
12	熊谷稲荷神社
13	遠見山古墳
14	粟島神社
15	本間酒店
16	光厳寺
17	宝塔山古墳
18	蛇穴山古墳
19	馬頭観音
20	巣鳥神社
21	山賀酒店
22	不動尊
23	出口地蔵
24	石田玄景の墓
25	山王地蔵
26	旧小栗の家
27	山王廃寺の遺物
28	都丸家の石製鴟尾

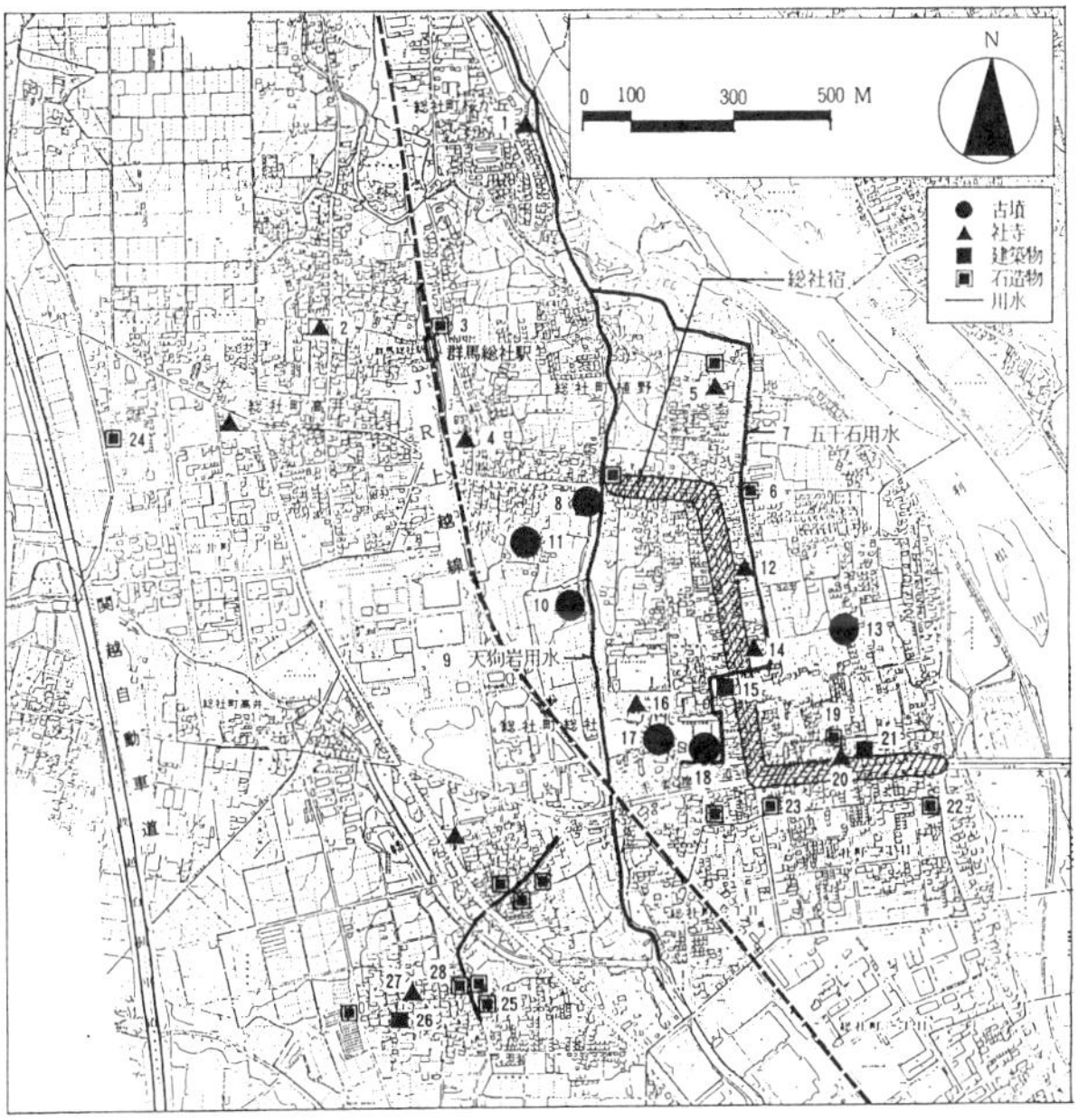

「総社・元総社」の歴史的遺産をポイントしたもの。多くの史跡が集中していることが分かる。『総社・元総社歴史の散歩道計画』より

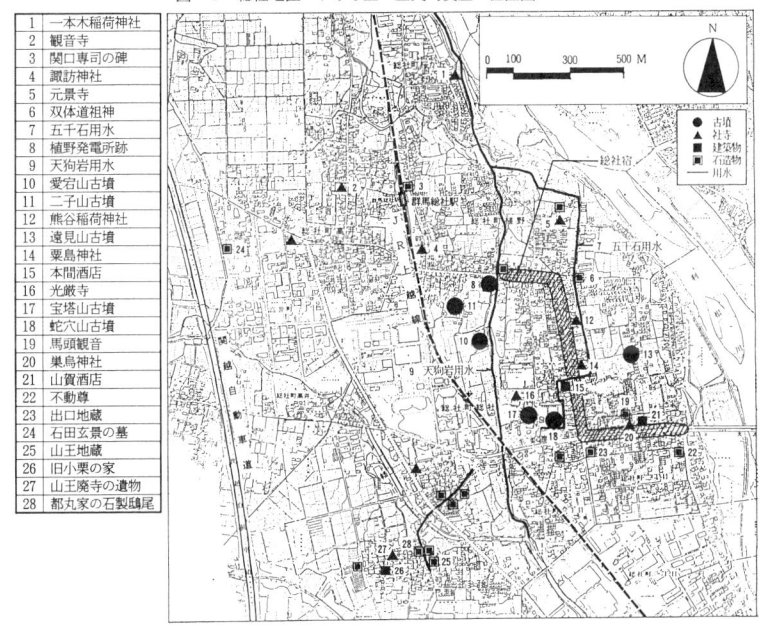

総社宿　近世の宿場の雰囲気を比較的に残しているが、看板や電柱を宿場のイメージに合ったものにかえる必要を指摘された。『総社・元総社歴史の散歩道計画』より

第三節　街づくりは「史実に基づき、祖先の知恵を今様に耕し直すこと」

歴史に造詣の深い高井自治会長の小畑賢氏は、自治会連合会の副会長に就いていた。私は総社地区の祭りに、秋元公にちなむ武者行列をやってはどうかと考えていた。この話を小畑氏にしたところ、それが総社公民館館長や、自治会連合会の役員に伝わり、興味を持ってくれた。

地区共催の文化祭での史跡巡りなどには、多少の予算措置があった。私の基本構想は、「ふるさと愛教育」の一環として、歴史をテーマにしたイベントを行いたい、というものだった。

メインイベントとしては「秋元公武者行列」という提案は、関係者の間ですんなりと了承された。

一般に教育を広く捉えれば、一　学校教育、二　家庭教育、三　社会教育、四　ふるさと愛教育に分けられる。前二者が学校機関で行

二子山古墳の頂上は、ちょっとした公園になっている。私の母校、六中の校舎が間近に見下ろせ、また、赤城山、榛名山が遠望できる

うもの、後の二者はそれとは別に、一種の生涯学習に位置づけられているものだ。

幸い総社地区には、歴史に造詣の深い方が何人もいた。もと総社小学校の教員で群馬県文化財保護委員の近藤義雄先生、総社地区歴史資料館の阿久津宗二先生などが力になってくれた。

平成2年の自治会連合会で武者行列の実施が正式に承認された。これだけのイベントを実施する場合、武者行列のやり方、衣装、参加者、それに予算措置など解決しなくてはならない多くの課題が山積していた。

参加者は、各自治会と体育委員会にお話しし、選出を依頼した。当初は行列の参加者が集まらなくて苦労した。そこで一番数の必要な足軽役は、高井の高友会組織をもとに、若者にお願いした。今では、募集すると希望者が殺到し、抽選になっているほどである。第1回のときは、言い出しっぺの私をはじめ、地域の人は、武者行列といっても、イメージがつかめていなかった。

元景寺山門

一番面倒な武者行列自体のやり方、衣装の手配などは、私が引き受けざるを得なかった。

第四節　新町の武者行列を学ぶ

私の提案で始まった秋元公まつりだが、武者行列となると全くゼロからの出発である。行列の実施や装束の用意など一番手間のかかる部分をやらざるを得ず、重責を感じた。

武者行列と聞いて思いつくことが一つあった。多野郡新町（現在は高崎市）の商工会が開催している武者行列である。由来は、新町地域で戦国時代にあった合戦である。織田信長の武将である滝川一益と、後北条が戦った神流川合戦は、戦国時代に東国であった最大の決戦と言われている。新町ではこれを顕彰する意味で、武者行列が行われていた。

光厳寺の赤門より出発

武者行列で使用する鎧兜は、当世具足を模したもので、本物は20キロ程度ある

新町との縁を思い巡らすと、議員になって最初に仲人をした新婦が新町出身である。都合の良いことに、新婦の父の山口氏と伯父が、新町商工会の理事をしていた。

早速山口氏を訪ね、「前橋でも武者行列をやりたい。ぜひ、武者行列に関するノウハウと、衣装をお貸し願えないだろうか」と図々しくも申し出た。また、結婚式で紹介された新町町議会議員の三澤氏を通じ、商工会の箕輪会長にもお願いした。人の縁というものはあるものだ。仲人の縁で知り合った山口氏、三澤議員と何度も会って私の熱意を語り、お互いに肝胆相照らす仲になってきた。さらに同町議員の土屋氏が、行列に詳しいことが分かり、紹介して頂いて相談にうかがった。

私のもつ新町関係のコネクションをフルに活用し、働きかけを進めるうちに、先方の理解も深まり、「協力しましょう」ということになった。

ただ、物の貸し借りも含む大がかりな協力となると、組織全体の

赤備え（あかぞなえ）の鎧兜。赤で彩った鎧兜は、戦場で遠目からも目立ち、特に勇猛な武将が身に着けた。甲斐武田氏には、全員を赤備えで統一した部隊があった

判断が必要だ。事を進めるには、新町商工会箕輪会長の承諾がいる。

第五節　商工会から鎧甲を借りる交渉

商工会に行くのは、その日が初めてだった。山口さん、三澤議員が同行してくれた。両氏は箕輪会長に私のことを「前橋市議会選で、初出馬でトップ当選をした大武議員です」と紹介してくれた。私は、ナショナルトラストの調査、勉強会、史跡説明会などこれまでの流れを説明し、総社地区での実施について、協力をお願いした。

「これまで2、3の公共団体から大将鎧、衣装などを貸して欲しいという依頼があったが、貸し出したことはありません。大武先生のお話は、内部で検討させて頂きましょう」という会長の回答を得た。

箕輪会長と会談を終え、廊下に出たとき、商工会の若い職員から「大武議員じゃないですか」と驚いたような声をかけられた。よく

出陣を告げる勝ち鬨（秋元公まつり）

見ると、地元高井の松下さんであった。松下さんは私の家の近所の方で、選挙でも応援してくれた。何でこんな所に？と不思議に思っていたら、実は松下さんは商工会の職員で、なんと武者行列の担当者だという。「私の地元のことでもあるので、頼んでみましょう」という松下さんの声に心強い味方ができたのを感じた。

大きな組織は、一度結論が出るとなかなか軌道修正ができない。もし、私の依頼にダメの結論が出た場合、後からそれを覆すことは難しい。そこで「検討中」にも私はいろいろな働きかけを行った。三澤議員に行列の運営に最も詳しい同じく新町町議会の土屋議員を紹介して頂いた。土屋議員は新町で商店を経営されていて、商工会のメンバーでもある。衣装の所作や着装の仕方、行列の運営のノウハウなど、万一決まった場合のご指導をお願いした。もちろん、きっかけである秋元公の実績や地域の人たちのこれまでの顕彰の行いなど、資料をそろえ地元の武者行列に懸ける熱意を訴えたのはもちろんである。その結果、土屋氏は決まった場合のご指導に関しては快諾を頂いた。

平成29年度総社秋元公歴史まつり

第六節　実際に新町の武者行列に参加して信頼を得る

いくら武者行列といっても、実際に参加してみなくては実際は分からない。言い出しっぺとしては、ぜひ現場を体験しなくてはならない。県内には、鎧甲愛好家が結成している「群馬甲冑愛好会」という会があり、新町の行列のメンバーと重なっている。前橋市文化財保護課高橋氏が、愛好会のメンバーと知り、私も加えてもらった。

まだ新町商工会からの許諾が来ていないので、鎧甲は高橋氏からお借りした。イベント前には、箕輪会長はもちろん、関係者の方にあいさつをすませ、新町の武者行列に参加させてもらった。

鎧甲も実際に着てみると、洋服とはまるで感覚が異なる。動きも制限される。また、行列を実施するに当たって、着替えや着用場所、駐車場の確保、集合場所、行列の道筋、保険など、細かなノウハウも学ぶことができた。

平成29年度総社秋元公歴史まつり
平成29年（2017）11月12日・日曜日に開催された。当初は武者のみの行列だったが、次第に女性の参加も増えた。長刀を構える女武者や、お姫様が人気を集めている

参加を伝えた後、知り合いから、箕輪会長が周囲の人に「前橋の大武市議が、ウチの行列に参加するらしいよ」と感心したように話していたと聞き、多少は私の意気込みを感じて頂いたのかな、と思った。

各方面への交渉、予算措置など、私にできる限りの手配を行ってきたが、結果はどうなるか分からない。もし、新町が鎧甲を貸さない、と結論したら秋元公まつり自体の正否も危ぶまれる。

心待ちにしていた返事が来た。平成2年12月、新町商工会から「衣装を貸し出します」という連絡があった。大勢の関係者が後押しをしてくれたおかげだと、感謝感激だった。

「誠すれば通ず」。

すべて事をなすのは、人と人との信頼関係とつながりだなあ、と再認識した。

翌平成3年正月、私は新年のあいさつをかねて新町商工会を訪れ、借用の手続きを行い、お世話になった方々のお宅に伺ってお礼を述

歴史まつりは、総社公民館で出陣式を行い、町内を行列する。壇上に整列した参加者たち

べた。

年が明けてからは、自治会連合会を中心に本格的に「総社秋元公まつり」の準備が進められた。私は市との予算措置について関係部署と本格的に交渉を始めた。鎧甲や衣装、用具を借りるお礼、行列を実施するに当たっての諸費用など、これだけのイベントを動かすにはお金がかかる。

都木総社公民館長と相談し、新年度の予算要求ができるかどうか、また、他の予算が使えるか検討した。関わるのは総社と元総社地区だが、元総社はやや動きが鈍い。私は市役所に手を回し、総社の企画書を提出し、元総社の予算を削減しないで、両者の数字を合わせた予算を、総社に回してもらうことに成功した。また、自治会連合会を通し、各自治会から負担金を徴収することをお願いした。

秋元公まつりの武者行列では、鎧兜を着て表舞台を歩く人たち以外に、大勢の裏方が活躍する。着付けも一人ではできないので手助けが必要。私は最初から表に出ないで裏方に徹しようと決めていた

第七節　甲冑は着るだけで一苦労、勉強会を重ねて練習

鎧甲は、行列をするくらいだから数が必要である。新町の鎧は、大将格の鎧と、足軽鎧など総計50領（鎧の数の数え方）ほどあった。最も格の高い大大将鎧だけは、第1回は貸してもらえなかった。何しろひとそろい100万円から150万円ほどするものだ。鎧の格順にいうと、大将鎧、侍鎧、足軽と続く。大将鎧は7・8キロ、足軽でも4キロほどある。もちろん、レプリカで当時のものを再現したものだが、着用法などきちんと学ばないと、形が整わない。

実際のノウハウを教えてくれたのは、新町の土屋議員だった。総社の自治会と体育委員を中心に、武者行列についてお話を頂く機会をつくり、機運を盛り上げた。

行列は出陣式が一番の見せ場だ。これから戦に赴こうとする侍たちである。古式に則った作法がある。カレンダーの裏に、陣立ての

歴史まつりは、武者行列がメインイベントであるが、あくまで秋元公を顕彰する祭礼が中心である。そのため、行列の中心には、秋元公の依り代を奉じた輿がある

配置図を細かく描いてイメージしたり、新町から借りた資料を基に研究を重ねた。イベント当日の係を決め、受け入れ態勢も整えた。

私は新町に何度も行き、実際に借りる鎧甲のチェック、使用願いや借用書などの書類づくりに追われた。お借りしたのは大将鎧2領、当世具足（やや簡便な侍用）、供奉する人が着用する裃、腰をかける床几、その他部品一式で、全部合わせると膨大な品目と数量になる。

行列を晴れがましいものにするには、もっと数が必要だ。そこで群馬甲冑愛好会からも甲冑をお借りし、ようやく立派な行列ができるめどがついた。

10月の運動会が終わり、いよいよ本格的に準備が進められた。中心になる鎧甲の借り受けのため、総社自治会連合会長、副会長、役員らが車4台で新町に向かった。鎧や備品は、どれもきちんと箱に納められており、大事に総社に持ち帰った。

実際の鎧甲の現物を見るのは、ほとんどの参加者にとって初めて

子どもたちの参加も増えている

の経験である。箱から取り出し、広げるだけでもざわめきが走る。来て頂いた土屋議員に着用法を実際に教授して頂く。作法や、出陣式のリハーサルなど、数回にわたって練習会をおこなった。

第八節　現在は見物客が2万人を超す大イベントに成長

イベントは、準備はたいへんだが、当日は無我夢中であっという間に終わってしまう。秋元公まつりもそんな感じだった。

準備中にはいろいろな話が出る。「鎧兜を着る人が集まらなかったらどうしよう」、「大将・副大将役は誰がやるのか」、「立ち上げに苦労した大武議員がやったらどうだ」などと声が聞こえてきたが、私は固辞した。

確かに私が深く関わった企画で、準備もお手伝いしてきた。ある

大将、重臣クラスの出で立ち

意味、地域の声を取りまとめ、私が現場で汗をかき、みんなの力で立ち上げたイベントと言ってもいいだろう。ここで私が行列の先頭に立っては、地域のためにつくしてきた意味が無い。私は、当日も裏方に徹することにした。

秋元公に扮する大将役は、前橋市長にお願いした。忙しい市長のことを考え、事前の練習なしで当日来て頂くだけでよいように、装束関連などお世話をするスタッフを決めておいた。

参加者全員が装束を着用し、勢揃いした。出陣式の前に、私は簡単に秋元公まつりの説明と、イベント創設の経緯、関係者へのお礼などを述べた。

出陣式は、三宝に乗せた鮑・昆布・勝栗を食したり、杯を交わすなどの作法がある。また、大将は口上を述べなくてはならない。

見せ場でもあるので、このために剣道の指導者である小畑賢自治会連合会副会長と同級生の阿久津京一氏にお願いし、侍の作法を教えて頂いた。出陣式で「エイエイオー」のかけ声で一同は出発した。

大将役は騎馬武者となるので、事前に乗馬の訓練も不可欠だ

出発は秋元公の菩提寺光厳寺の赤門からである。最初は武者だけだったが、その後、お姫様役も欲しいということで女性も加わり、長刀《なぎなた》隊なども加わった。

赤門を出て約1キロを歩き元景寺に向かう。この道は総社町を南北に走る佐渡奉行街道である。地元の小・中学生の鼓笛隊が先頭になり賑やかに進む。沿道は地元の人はもちろん、市内や県外から訪れる見物客で大賑わいだ。その間、私は裏方として、来客の接待や、こまかな事務作業、トラブルの解決などに駆け回っていた。あっという間の武者行列であった。

現在、秋元公まつりは、前橋市の歴史文化関連イベントの中でもトップクラスの規模を持つ。前回の見物客は約2万人にのぼる。

とは言っても、回を重ねると細かな問題があれこれ出てくる。

出陣式前の5分間、見物客の注目を集め、また初めて祭りに参加した方々に、祭りの意味などを説明する必要があるとのことで、私が文章を作って、説明係を務めていた。

イベント企画として、写真展も行っている。祭りの様子を撮影したカメラマン諸氏の作品を公募し、終了後に審査して優秀作などを選ぶものである。これによりカメラマンの参加が増えている

これまでの経緯を知らないのか、或いはわざと知らないふりをしているのか「大武は出過ぎる」という人もいた。祭りを生み育ててきた者として「うまく軌道に乗り、みんなで発展させてくれればそれでいい」という考えがあったので進行役を交代した。

秋元公まつりはその後お姫様、女性の参加拡大、フォトコンテストなどを加え、ますます拡大していった。現在では、私はすべて後進に道を譲っている。それでも毎年秋になると、心が沸き立ってくる。それは、戦国時代を戦い抜き、善政を敷いた秋元公の魂が、多少は私に乗り移ってくるせいなのかもしれない。

ふるさとを基盤に活性化事業に取り組む

話し方教室
市議になる前、人前での話し方などをはじめ、政治家としての基本を学ぶ機会があった。その時の仲間と再会したときのもの

第一節　地元を知ってこそ愛着がわく　地域を題材にした創作講談

ふるさとのことは知っているようでいて、案外分からないことも多い。普段から目にしている街並みや自然も、その由来や背景を知ることにより、一層身近な物になる。しかし、「地元の歴史を勉強する」と身構えると、ちょっと身が引けてしまうし、長続きしない。そこで、私は総社をテーマにした講談を作ることにした。

講談は、最近の人にはなじみが薄いかもしれないが、机を前に張り扇を叩き、調子よく歴史や物語を語る演芸だ。日本の伝統芸として長く親しまれている。発想のきっかけは、講談師と知り合ったことだ。議員になる前に、話し方・演説の勉強会で講師の方に紹介いただき、六代目宝井馬琴師匠の知見を得た。

師匠に講談についてあれこれ聞いて興味を持った。オリジナルの講談を創作することもあると知ったのもこの時である。ふるさとの

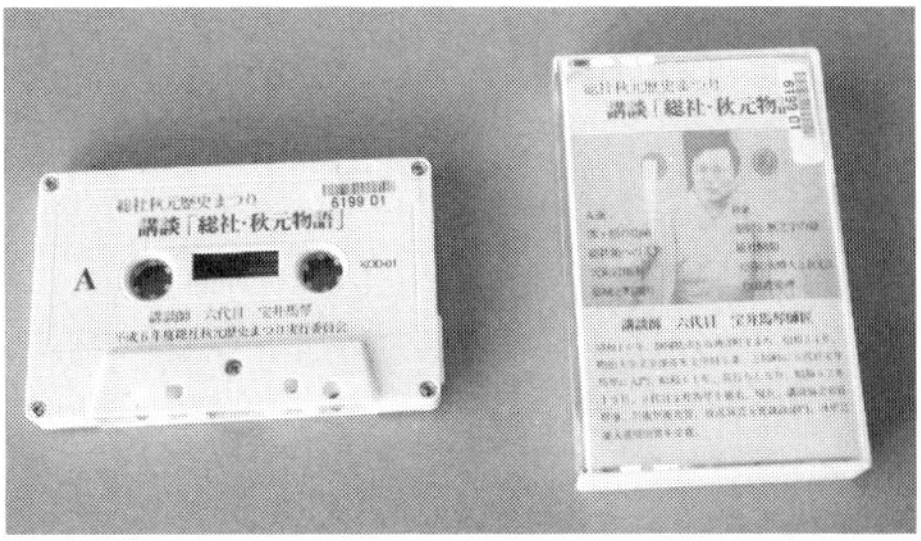

六代目宝井馬琴
地域おこしのために取り組んだ講談づくりで、演じてくれた六代目宝井馬琴師匠。新人議員のときの研修会で知り合った人脈から、師匠と出会った

歴史を講談にしてみようという発想の元はここにある。

しかし、師匠に台本から頼む程予算がない。そこで台本はこちらが用意することにして、馬琴師匠には、来県して頂いて講談を語ってもらうことになった。

問題は台本である。そこで総社の歴史に詳しい近藤義雄、阿久津宗二、渡辺一弘各氏に相談し、基本構想を練った。先生方の資料を基に草稿を作成し、最終的に私が講談の調子に整えて馬琴師匠にお見せした。ありがたいことに「なかなかよくできている」という評価を頂いた。

その間、馬琴師匠には、東京から何度も前橋市に来て頂き、総社を案内して雰囲気をつかんで頂いた。私は秋元公の菩提寺光厳寺、元景寺、歴代の墓はもちろん、天狗岩用水などを案内した。師匠にしても、創作講談というのは、古典を文字で読むのとはまた別の印象があったに違いない。題材として取り上げる総社の地勢や歴史遺物などを実際にその場に立って見ることで、演じるときの迫力も違ってきたと思う。

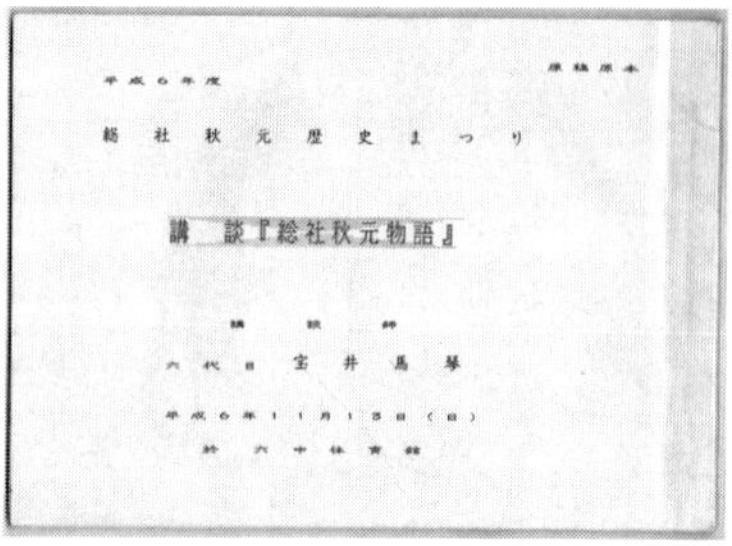

「総社秋元歴史まつり　講談『総社秋元物語』」の台本表紙

第二節　六中体育館で六代目宝井馬琴師匠が「総社・秋元公物語」を口演

ふるさとを知る、という発想をより持続的なものにしようと、講談の制作と並行して、私は「総社を知る会」を主催した。武者行列が予算などの関係上、隔年開催となったので、イベント間のつなぎをどうしようかと考えた。せっかく盛り上がった地元の歴史への関心をつなげていきたい。そのためには武者行列の時代考証などにもつながる勉強会が一番だと結論したのである。郷土史家、歴史好きの方、地域のリーダー格の人などを誘い、勉強会がスタートした。

さらに、武者行列を行わない年にイベントを立ち上げた。平成6年5月に光厳寺の広間をお借りし、講演会とパネルディスカッションを行った。

メインイベントとして近藤義雄先生（群馬県文化財保護審議会委員長）の「総社の風と土と心」と題した基調講演を行った。「風」

は気候風土、外からの文化、「土」は地理や歴史、土着文化、「心」は人情郷土愛、現在から未来への思いである。

第二部のパネルディスカッションは、「秋元公と総社」のテーマで、光厳寺住職の田中耕順氏、元景寺住職大滝昭雄氏、秋元家家臣の会会長福島守次氏、前橋市文化財保護課井野氏が参加し、活発な議論が行われた。

企画、調査、台本制作と長い時間をかけて用意した講談をお披露目するときがきた。平成6年11月13日、第六中学校体育館において講談「総社・秋元物語」が、六代目宝井馬琴師匠により口演された。事前に入念に告知したせいか、体育館は来場した人でいっぱいだった。床に座布団を敷いて座って頂いたが、文字通り立錐の余地もない満席状態だった。

講談『総社·秋元物語』作製編集

作製者	総社秋元歴史まつり実行委員会 委員長 小畑 賢 ☎ 51－3366
原稿執筆者	前橋市総社町総社2872－5 阿久津宗二 ☎ 51－4307
原稿執筆者	前橋市総社町総社1307－6 渡辺一弘 ☎ 51－0649
編集脚色	前橋市総社町植野708－1 大武仁作 ☎ 52－3069

講談台本の奥付
この台本を作るに当たっては、多くの方の協力を得た。私は編集脚色として、いわばディレクターと、イベント全体の管理のプロデューサーを兼ねた役割を仰せつかった

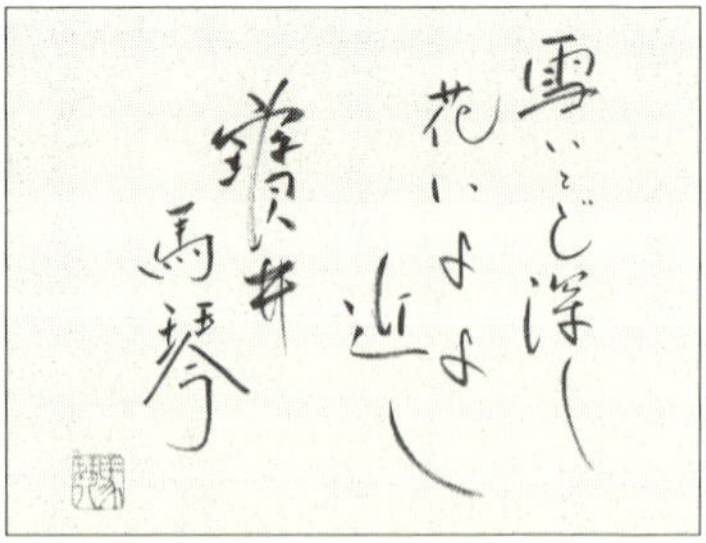

六代目宝井馬琴師匠が、台本に寄せてくれた書

第三節　馬琴師匠に友好の鍵第一号が送られる

イベントを盛り上げるため、無形文化財の植野地区一本木稲荷の天狗を招いた。会場に突如出現した天狗は、観客の大喝采を浴び、いよいよお祭り気分が高まった。

馬琴師匠の講談が始まった。地域の人なら秋元公の事蹟や総社の歴史は、ある程度知っている。それでもきちんと因果を明らかにし、人間味のあるエピソードを加え、歯切れがよい名人の口から語られる講談は、聞く人全ての胸を揺り動かした。

口演の最中、聴衆は水を打ったように静まりかえって聞き入っていた。講談が終わった途端、万雷の拍手が六中体育館に鳴り響いた。みな「あんな話があったのか」、「おもしろくて時間を忘れた」などと語り合っていた。

せっかくの講談を、会場に来られない人にも聞いてもらおうと、カセットテープを制作した。録音やテープのダビングは、地元の専

総社公民館
総社公民館は、平成23年(2011)に新築された。隣接の総社歴史資料館には、ふるさとの歴史を学べる資料がたくさん収蔵されている

門業者にお願いし、約200本制作して希望者に頒布した。カセットの売れ行きも上々であった。一度講談になった音源はデジタル化し、いまでも高品質な音声として聞くことが出来る。

六代目宝井馬琴の語る「秋元公物語」は、制作に関わった私が言うことでもないが、何度聴いても見事な語り口で聞くものを飽きさせない。現在でも時折カセットをかけて聴くことがあり、そのたびに新しい発見がある。

宝井馬琴師匠とは、この企画が縁を深めることになり、その後も前橋市民講座にもご出演頂いたり、なにかとお付き合い願ってきた。さらに、新しく設定された「前橋市友好の鍵」の第一号が馬琴師匠に送られた。選定に私が関わったこともあり、師匠と前橋との縁が一層深まり幸甚である。

平成12年11月5日落成した力田遺愛の碑の屋根

第四節　力田遺愛の碑に屋根をかける

秋元公の事蹟としては、もちろん天狗岩用水の開削が名高い。この用水によってどれだけ地域の開発が促進されたか計り知れないものがある。

一方、公の治世の恩義に感謝する民衆が建立した「力田遺愛の碑」は、領主ではなく、領民が自ら建てた石碑として歴史上珍しい存在だ。有名ではあるが、当時は顧みる人もすくなくなったのか、雨ざらし野ざらしで。刻まれた文字の風化が進んでいた。

郷土を見直そうという志の強い私としては、これを見過ごすわけにはいかない。ぜひ、後世にも良好な状態で石碑を伝えたい、また、石碑に対する関心を高めるためにも、なにかしようと思い立った。

そこで石碑に屋根をかけたいと提案した。当然問題となる予算だが、前橋市文化財保護課は大賛成だが予算がない。私は、あちこちに話をして予算集めに駆け回った。天狗岩土地改良区理事長で県会議員でも

元景寺境内
元景寺は、総社藩の初代藩主の秋元長朝が、父景朝を弔うために天正18年（1590）に建立した由緒ある寺院である

ある金田氏、同副理事長の有力者に相談したところ、快く応じてくださり、改良区から予算の半分を出してもらえることになった。

残りの半分の予算を探していると、宝くじの助成金があるという情報を入手した。全国宝くじ助成金は、各県に割り当てがあり、県がそれを各市町村に配分する。各自治体に順番に配るのだが、ちょうど一巡して次の配布先が決まっていなかった。

これはいい話だと、私は資料をそろえ、総社自治会連合会役員を同行して高山副知事と面談した。自治会の役員さんたちは、「副知事まで行くとは、大武さんは強引だね」と半ばあきれられた。副知事とは以前から議員活動でご指導頂いていて、私の主張する「ふるさと愛教育」にも理解があった。副知事は趣旨をよく理解して頂き、宝くじ助成金を力田遺愛の碑の保護費用に充てることを快く承知して頂いた。文化財の保護とは言え、県全体から見れば小さな予算である。自治会の役員さんが指摘したように私のやり方はちょっと強引だったかもしれない。しかし、地域のためには、使えるコネは使

武者行列の実施に当たっては、先に実施していた新町の先輩たちの助力、前橋市との調整、もちろん、地元の盛り上がりなど、十分な準備が必要だった

えるだけ使うというのが私の考えだ。

　力田遺愛の碑の工事は滞りなく終了した。むき出しだった石碑に立派な屋根がかけられ、石碑の解説文の記した案内板も作られた。

　秋元公が総社を去って147年後に、総社の領民が公への感謝を記した石碑を建て、「百姓等建」と記したのは、大変重みのある歴史だと思う。そしてさらに今日、それを地元民が顕彰し、石碑を整備するというのも、歴史の大事な一コマだろう。

　こうした一連の取り組みにより、私の発案した「ふるさと愛教育」は、新しく発足した秋元歴史まつり顕彰会が事業を運営することになった。それまで自治会連合会や、そのたびに動員された有志が行ってきたイベントが、継続的な組織によって運営されることになったわけである。単位自治会からの拠出金の仕組みも出来た。武者行列の具足や衣装も、最初は新町商工会にお借りしていたが、だんだんと自前のものを用意するようになった。参加者も増え、現在でも隔年で開催され、大勢の見物客を集めている。

萩原弥惣治市長誕生で市政が元気に

萩原弥惣治元前橋市長は市政改革に努め、1996年、2000年の2期市長を務めた

第一節　萩原弥惣治氏を市長選に推す

平成8年（1996）、15代前橋市長の藤嶋清多前橋市長の改選期が近づいてきた。私が属する市議会の最大会派では、次の候補で人選が割れた。現職を押すものが大半だった。私は、市政の刷新をするなら新しい市長になるべきだと主張したが、少数派であった。

私たち改革派は5人。皆が思い描く候補は、当時群馬県議会議長の萩原弥惣治氏であった。当初は民間人も考えたが適切な人材がいない。人物、識見、政治力等など総合的に考えて、前橋市長には萩原氏しかいないと、皆の意見は一致した。

私たち若手5人組は、萩原県議会議長のお宅を訪ねた。県議会の重鎮ではあるが、地元前橋市の事情もよく把握されてた。私たちは、市議会与党の最大会派が現職と新人で割れていること、私たちは少数派だが、もし萩原議長が立候補してくれるなら、全力を持って支援することなどをお話しした。

じっくり若手議員の話を聞いていた議長は、しばらく沈思黙考した後「皆さんの気持ちはよく分かりました。自分は現在県議会議長という立場なので、仮に立候補するとしても県議会方面などに説明が必要です。とりあえずいろいろと相談してみる必要があります」と答えて頂いた。私としてはかなり前向きの対応だな、と感じた。

第二節　自民党県連からの説得

その1カ月ほど後、自民党群馬県本部から呼び出しがあった。早朝6時半という異例の時間だった。呼ばれたのは私と青木登美夫議員、羽鳥克平議員の3人だった。その場にいたのは、自民党県連会長、県議会副議長、政調会長でいずれも硬い表情で我々を詰問する雰囲気だった。話の要旨は、要するに萩原議長を推すのをよせということだった。

萩原弥惣治氏が前橋市長選に立候補するにあたり、私たち市議の有志が、「ぜひお願いします」と萩原氏を後押しした。当時群馬県議会議長の同氏は、あくまで慎重だったが、私たちの熱意に押される形で出馬を決心してくれた

「萩原さんは、群馬県にとっても、自民党にとっても重要な人なんだ。今前橋市に行かれたら困るんだよ。前橋市選出の県議会議員なら、他にもいるだろう」と説得された。

私は間髪を入れず次のように答えた。

「今の前橋には、萩原さんが必要なんです。他の人は考えられないし、もし他の県議なら私たちは要りません」

その間いろいろな話があったが、私たち萩原支持の議員は諦めなかった。最後に県連会長が口を開いた。

「皆さんの意向は十分承知した。重々承知だとは思うが、仮に萩原議長が出馬すれば、仮に落選しても二度と帰る道も、帰る橋もないんだよ」と噛みしめるような口調で念を押した。

第三節　厳しい選挙戦を戦い抜く

私たちは改めて責任の重大さを噛みしめた。市長に推す、というのは私たちの問題だが、それは立候補する萩原氏にとって、人生を懸けた挑戦である。県議会議長という立場をあえて蹴って立つ訳である。県連会長がいうように、「帰る道も橋もない」旅立ちである。

第16代前橋市長選挙には、萩原弥惣治、現職の市長、弁護士、会社社長、それに共産党の5人の立候補者で戦われた。私たちの仲間も1人増え6人になった。

選挙は常にも増して激しいものになった。政策や主張を訴えたり、人柄を伝えるといった運動ならどんなに厳しくてもやりがいがある。ところがこの時は怪文書が出回った。萩原候補の地元の城南地区に、女性スキャンダルのビラが配られた。もちろん、根も葉もない噂であり、今で言うフェイクニュースだが、それでも地元では動揺が走った。

敬老会を訪問
議員になると市内の各種施設を訪問する機会が増える

応援する市議は、それぞれ分担を決めて運動していたが、ちょうど私の受け持ちが、怪文書で揺れる萩原候補の地元の城南地区だった。私は地区の５カ所の個人演説会で応援演説をした。地元なのでビラのことは誰もが知っている。汚い選挙戦術だと断じて完全に無視する方法もある。また、大上段に否定する手もある。問題はどうすれば聴衆の心にあるわだかまりを消し去り、萩原候補に心を向けさせるかだ。そこで私は次のような話をした。

「今回の市長選挙は県都前橋の将来を決める選挙となりました。私たちは、次の市長は絶対に萩原弥惣治候補でなくてはダメだと思っています。どうして萩原候補でなくてはダメなのか。そのわけをお話ししましょう」

第四節　中傷のビラを逆手にとった

選挙応援に手応え

私は萩原候補を中傷する例のビラを取り出した。会場全体がどよめいた。まさか応援演説の私がそのビラを壇上で広げるなどとは思いもしなかったからだ。私は続けた。

「私が萩原候補を応援する理由は、このビラが説明してくれています。

皆さんも経験があるでしょう。学校帰りの野良道には、よく大きな柿の木が生えていました。子どもたちは、柿の実を食べようと、石を投げて実を落とそうとしたでしょう。

いいですか、皆さん。石を投げるのは、その木に美味しそうな実がなっているからです。実もなっていない枯れ木に、誰が石を投げるでしょうか。

萩原候補には、花も実もあることを知っているから、こんなビラ

がまかれるんです。そうじゃないでしょうか?」
会場は拍手で湧き上がった。

第五節　萩原市長と手を取り合って前橋市の改革を

選挙戦は厳しかったが、選挙は萩原弥惣治候補が大勝した。応援した私たちも、ほっと胸をなで下ろした。以前、県連の重鎮たちに、「落ちたらもどる道も橋もない」と忠告されていただけに、もし落選したら、腹を切ってお詫びしなくてはならない、とまで思い詰めていた。私たち萩原応援組の市議たちは、肩の荷を下ろし、同時にこれからの市政への期待で体が震えてきた。

刷新の旗を掲げた萩原市長の誕生は、後押しした私たちはもちろん、市民の間にも大きな期待の風を巻き起こした。当時、私が直接聞いた市民の声には次のようなものがある。

後援会の研修会（都庁見学）議員になると、後援会や支援者と一緒に研修旅行などに行く機会が増える。議会関係や、話題の施設などを一緒に見学し、見聞を広める

・今まで評価の高い石井市長、藤井市長を足して2倍したくらいの立派な市長だ。
・暗くて長い夜だったせいか、まぶしいくらいの前橋の夜明けがきたようだ。
・若い市議会議員が萩原市長を推しだしてくれたおかげで前橋がすくわれた感がある。
・高崎市長の松浦さんは前橋と高崎の間に利根川という大きな川があるが、萩原市長が誕生してその川に大きな橋が架かったようだ。
・エネルギーのあるところには、対立や動きがある。静かで動きのないのは、エネルギーがない証拠だ。どんどん動きを作って前橋を活性化して欲しい。新市長に期待するのは、そのエネルギーがあるからだ。
・新市長に期待するのは「動き」だ。前橋が動けば、群馬も動く。

都議選の応援は、麻生太郎氏と一緒だった

萩原弥惣治候補は見事市長選に当選し、第16代前橋市長になった。萩原市長が任期中に行った事業は数多いが、前橋市東部の農業振興策を中心とした総合的な開発は大きな成果を生んだ。

また、中心市街地の開発などを含めて、後に禍根を残すような計画の洗い直しを行った。公平な税金の使われ方を模索し始めた最中での退陣となった。この仕事を含め、まだ目的を達成していない。政治家として「道半ば」の思いがある。私としてはぜひ、萩原候補に3期務めて頂きたかった。それが出来なかったことは、前橋市の発展には、大いなる損失であった。本当に残念でならない。後に私の議員生活を大きく左右する出来事だった。

委員会でのシーン。議員は委員会に所属して専門的な活動を行う

前橋工科大学

第一節　戦災で焼けた前橋の復興に大きく貢献した前橋市立工業短期大学

太平洋戦争末期、アメリカ軍は日本全国の地方都市を爆撃の目標に加えた。それまでは、東京や大阪といった大都市、京浜や名古屋周辺の工業地帯などが主要な目標だった。日本の敗戦が誰の目にも明らかになってくると、それまではあまり空襲をしなかった地方都市まで爆撃するようになったのである。

上佐鳥町に移転新築した前橋工業短期大学の全景（昭和50年（１９７５））
①本館（一号校舎）　②グラウンド　③学生コミュニケーションホール　④研究等
⑤実験室
現在の工科大学の設備と比べると、隔世の感がある
（写真提供『前橋市立工業短期大学　二十年史』）

前橋市は、昭和20年（１９４５）８月５日に約１００機弱のＢ－29によって空爆され、市域の約22％が被災した。被災人口は市民の65％にのぼった。その結果、市の中心部は焼け野原と化し、多くの市民が住む家もないという状態に陥ったのである。

敗戦後、前橋がまず直面した大きな課題は、焦土と化した市の復興であった。昭和27年（１９５２）に前橋市が創立した市立前橋工

工業短大時代の一号館正面
（写真提供『前橋市立工業短期大学　二十年史』）

業短期大学は、土木や建築技術者を養成し、日本の復興、特に地元の再建のために人材を養成したい、という意図があった。

工業短大は夜間3年の単科大学で、昼間仕事をしながら学べる学校だった。ここから巣立った技術者たちは、前橋の復興に大いに貢献した。その事業は、他都市に比べ、優れた内容であるといわれていた。その後の再開発を含め、前橋市の都市計画事情は、高い評価を受けている。

第二節　前橋工業短大を、四大へ。さらに大学院も

私は県立前橋高校を卒業後、実家の測量会社で働きながら、前橋市立工業短期大学建設工業科土木で3年間学んだ。

さらに測量の技術習得のため、東京の日本測量専門学校（現・国土建設学院）に進んだ。昭和45年（1970）、同校の区画整理高

区画整理高等科に在学中に知り合った石井君。彼は倉敷市の水道部長のとき、公務で派遣されて高等科で学んだ。都市計画を推進する行政関係者も社会人入学していた

等科在学中、「先進地視察授業」が、たまたま前橋市の区画整理事業であった。戦災復興から出発した前橋市の区画整理事業は、全国的にも有名だったことが、このことから分かる。来橋したクラスの仲間に、勝手知ったる私が、前橋の状況を補足的に説明し案内も行った。

その後も実家の測量会社で働きながら、夜間の工業短大の授業で、日曜日に行う授業「測量実習」の助手に請われ、6年間手伝った。その後市議になり、さまざまな市政への提言、市民の暮らし向上に尽力したことは、記述の通りである。高度成長期ということもあり、予算も増加傾向で、多くの事業が前橋市を発展させていった。しかし、オイルショックと共に押し寄せた時代の変化は、前橋にも変化を要求していた。私が市議会議員になって3年目頃には、高度成長を前提とした開発ではなく、成熟社会を見据えた時代と社会のニーズに即した開発が求められる時代になっていたのである。

ちょうどその頃、工業短大に昼間部（昼夜開講制）をつくろうと

いう改革の声が上がり始めた。将来の市町村合併、都市間競争、中核都市などの課題を抱える前橋市には、ぜひとも高等教育の充実が望まれた。私は一歩進んで昼間部だけでなく、四年制の工業大学、さらに大学院の設置も含めた構想を描き始めた。

議員として地域に貢献する人材の育成は、やりがいのある目標である。私はこれを市議生活の一つの使命として、取り組むことに決めた。

第三節　市議のかたわら、前橋工科大学の夜間部で学ぶ

市議2期となる3年目の平成7年（1995）に総務企画常任委員長に就任し、審議を重ねた結果、平成8年4月前橋工科大学に改称し四年制大学設置申請を行った。添付の議会議事録には、総務常

父の測量会社に勤務しながら、工業短大で基礎的な知識を学んだ
（写真提供『前橋市立工業短期大学　二十年史』）

任委員会委員長大武仁作と記されていて、市の歴史をささやかでも進めた誇りを感じる。

平成8年12月に前橋工科大学（四年制昼夜開講制）設置が認可され、翌9年4月に開学した。大幅に規模を広げて新しくなった大学だが、短期間のうちに移行作業を行ったため、教員や設備など各方面に準備不足の面が目に付いた。

学生たちにしわ寄せがいっていないだろうか。四年制誕生に努力した私は、生まれたばかりの前橋工科大学について責任があった。大学を中から見ようと、私はこの工科大学に入り、一学生として学んでみようと決心した。一つには市議として自分が手をかけた大学を知りたいということ、もう一つは、測量会社を経営した立場から、より深く専門の知識を深めようと考えたためである。

私は前橋工科大学情報工学科夜間部に受験申請をした。市会議員という激務を抱えつつ大学で学べるだろうか、そもそも入学試験に受かるかどうかなど不安もあったが、妻に相談したところ笑顔で後

平成13年（2001）、前橋工科大学に大学院前期課程、平成15年（2003）には後期課程が設置された。大学院設置に関しては、私も少なからずお手伝いさせて頂いた

押してくれた。私も腹を決めて受験勉強に取りかかった。

折悪しくというべきか、入学試験当日、3期目当選議員の初顔合わせと議会説明が本会議場で行われることになってしまった。

議会事務局へは、何か適当な理由を付けて欠席の届けを出した。まさか、大学受験で休みます、とは言いにくかった。

本会議場では初当選の議員もいて、緊張する説明会のさなか、私は、試験会場で答案用紙に向かい、昼は妻の用意してくれたお弁当を駐車場の車中で食べていた。

合格発表の朝、前橋市の秘書課長から電話があった。

「萩原市長が、今日の工科大学の合格者名簿に、大武議員と同姓同名の受験者がいる、とのことです。これは大武議員ご自身ですか？」と、ややいぶかしげな口調で聞かれた。

大学受験は妻以外誰にも話していなかった。市長が見たのならしょうがない。

「はい、私です。合格しましたか？」と返すと、秘書課長は「はい、

前橋工科大学は、平成９年（１９９７）に短大から四年制大学に改編された。全国でも数少ない公立の工科系大学である。私は市議を務めながら、大学の現状を知るためと、最新の知識を学ぶために大学に入った（写真提供『前橋工科大学２０１９』）

そのようです。まさか議員がと思いましたが。市長が発見されまして」と答えてくれた。

市立の大学なので、合格者名簿が市長に届く。いちいち見なくてもいいのだが、萩原市長は几帳面な性格である。書類を丹念に目を通すため、私の名前があるのに気付いて「同姓同名にしてはへんだ。大武議員が大学生？」と思ったらしい。あとで市長にお会いしたとき、多いに励まされ、私はうれしいやら恥ずかしいやら複雑な気分だった。

第四節　あるときは大学生、あるときは市議に戻り、大学当局へ注文も

市会議員と大学生の二足のわらじ生活が始まった。大学の講義は

夜間だったので、通常の市議会や会議などには差し障りはない。ただ、土曜日午後も講義があり、試験勉強もしなくてはならず、社会人学生をまじめに務めるのは、なかなか大変だった。

一般教養などは、前の学校の単位が使えるので、普通の学生に比べれば、卒業に必要な単位数は少なかった。また、結構熱心な学生だったので、最初の3年間でほとんどの単位を修得し、無事4年で卒業することができた。

工科大学の夜間部学生は、高校卒業後進学してくる以外に、私のような社会人学生もかなりいた。夜間は、昼間仕事をしながら、より知識を深め、資格を取るといった学生が特に多かった。仕事といっても、ほとんどが建築会社や測量会社で、私のような異業種、まして現職の市会議員というのは、異色の存在であった。

現在の測量はデジタル化され、工業短大時代に学んだアナログから大きく進化している。でも紙の上で手計算するノウハウは、測量の基本を理解するには、いまでも欠かせない
（写真提供『前橋工科大学２０１９』）

第五節　市会議員の立場で、大学当局へ注文も

学生とは言っても現職の市議であり、大学当局には知り合いの方もいた。目的の一つが、私が尽力して四大にした工科大学の実情を把握し、改善に努めることだった。そのため、これからの大学が生き残る道は何か、社会のニーズに応えるにはどうしたらいいか、といったことで教授陣と話しあった。

今の時代、大学院のない大学に学生は集まらない。大学院設立に向けて市長や市当局に、校舎、教室、研究室の整備、また、教授会には、資格のある教授陣の選定や確保をするように協議した。議会でも意見を取りまとめ、各方面への私の働きかけもあり、平成11年、私が大学生議長に就任した年、大学院工学研究科設置申請を議決した。翌12年に文部省（現在の文部科学省）に設置申請した。そのときの添付議会議事録には、議長大武仁作と記してある。四大昇格とあわせ、教育行政に役割を果たせて幸せである。

大学院設置申請は無事認可され、翌13年4月に大学院工学研究科修士課程（博士前期）の開設にこぎ着け、続いて平成15年4月には、同博士後期課程の開設に至った。

学部に籍を置いていた間、勉強はもちろんだが、教授たちや学校当局から問題点を聴取し、それを市に伝えたり、市と大学の調整役として尽力した。学生の生の声を聞くことができたのも多いに大学改善に役立った。

私が前橋工科大学、同大学院の設置や運営で感じたことは、地域とのつながりが大事ということである。せっかく雄偉な学生たちが学ぶのである。当然前橋市は多額の税金をつぎ込んでいる。だから卒業後は、前橋での就職を希望する学生は、全員前橋で仕事につけるようにしたい。せめて群馬県内にいてほしい。これは、前橋市の将来を考える人の共通の考えだった。

前工大で育った人材が、県都前橋の発展に貢献する。これこそ、戦災復興のための技術者育成という当初の狙いを、現代的な形でか

四年制大学になった前橋工科大の実情を知るためと、私自身の本業である測量や都市計画を学ぶため、大学に入学した。市議と大学生の二足のわらじで忙しい日々を過ごした

なえる道であると、私は信じるのである。

第六節　市立前橋女子校の移転を機会に

前橋市立女子校は「まえしじょ」と呼ばれ、昭和4年（1929）で創立した長い伝統を持つ学校である。前橋市立高等家政女学校の時代、戦後女子高等学校として再スタートしてからも、地域に根ざした女子教育の場として、市民に親しまれてきた。

しかし、時代の変遷の中で、「良家の女子を良妻賢母として教育する場」という伝統の教育方針がそぐわなくなってきた。そこで前市女を中高一貫校に改変するという声が澎湃《ほうはい》として起こってきた。

ちょうど私が前橋工科大学に関わっていた時期、前市女の移転と改編は、市議会でも大きな問題になっていた。私は、これを機に前市女を前橋市立工科大学附属高校にしてはどうか、という意見を

平成12年度　第1回
前橋工科大学の卒業式にて
（平成13年3月23日）

持っていた。

教育の一貫校化は、時代の大きな流れである。中高一貫校や、大学附属校はもちろん、私立校などでは、幼稚園から大学まで備えるところも珍しくない。私の考えでは、前市女を工科大附属校とするなら、進学する生徒たちには安定した学ぶ環境が用意できるし、父兄も安心して子どもを預ける場ができる。

ところが、伝統校だけあって卒業生や市民の一部の反対が強く、一貫校案はかなわなかった。共学の普通校として平成6年（1994）に前市女は前橋市立前橋高等学校と改称し、新校舎が完成後の平成9年（1997）に旧三河町から現在地の上細井町に移転した。

孫の夏未　七五三

前橋市議会議長時代

前橋駅前で栗木社会福祉協議会長と赤い羽根の募金運動中

第一節　隣接市町村選挙での応援演説

『「恒星」と「惑星」』

市議会議員の選挙に何度も当選し、年期を重ねると、選挙の時に応援演説を頼まれることも多くなる。選挙はもちろん、イベント、会合など多くの演説をしてきたので人前で話すことは慣れているつもりだ。でも、回数を重ねると、よくできた演説と、まあまあの時などいろいろある。次に挙げるのは、聴衆の反応も良く、自分自身でも思っていることを語れた応援演説の一節である。

「恒星」と「惑星」

今や人間がつくった宇宙ステーションが地球を回り、ロケットで宇宙と地球を往復する時代になりました。夜空には昔のままの月が輝き、無数の星がまたたいています。

平成11年（1999）前橋まつりでテープカット

前橋まつりに、地元の神輿を担いで参加した。前列の担ぎ手の一人が私

そんな星は、「恒星」と「惑星」という二種類に分けられるのを、皆さんはご存知のことと思います。夜空を見上げる機会があるとき、一つの星をじっと見つめてみてください。キラキラとまたたく星と、ただ明るく光っているだけの星があるのに気付くでしょう。

そうです。キラキラ輝いている星は、自分で光を放っている「恒星」です。一方のまたたかない星は「惑星」です。「惑星」は太陽の光を反射して明るく見える星です。

太陽は自ら光を放つ「恒星」です。火星や金星や土星は、太陽の光を反射して光っている「惑星」なんです。

そこでいいですか、皆さんは自ら光を発する「恒星」です。私たちは皆さんから光をもらって議員になっている「惑星」なんです。私たち議員という「惑星」は自ら光ることは出来ないんです。皆さんから頂ける光が多ければ多いほど、議員は強く明るい光を放ち、皆さんの期待に応えることが可能になるんです。

私は1回目、2回目とトップ当選させて頂き、他の議員よりも強

3期目の選挙の際、橋本聖子議員が応援に来てくれた。右端は渋川市長の木暮治一氏

く明るい光をいっぱい頂けたおかげで、最初から100メートルも200メートルも前からスタートできました。どうか皆さん、この候補者が輝けるように、いっぱい光を与えてやってください。

第二節　異例の人選で、前橋市監査委員に推される

3期当選した年に、私は前橋市監査委員に推された。議員から選ばれる監査委員は、前橋市のお金の使い方をチェックする重要な役職だ。お金と無関係な市の事業は無い。前橋市政の予算と事業の全容を把握でき、市政の全てが手に取るように理解できる役職だ。

監査で知り得たことを題材に議会で質問したり、その立場を利用して、当局に圧力をかけて自分の要求を通す議員が出てくる。過去にそうした例もあり、監査委員事務局内部との連携が重要になってくる。

3期目の事務所開き
応援演説する橋本聖子議員

我が会派では、監査委員を1年間務めた次は、市議会の副議長という流れだった。1年間監査委員を務めた私もある程度それを予測していた。ところが、役員改選になった途端「大武議員には引き続き監査委員をお願いしたい」と幹事長からいわれた。ちょっと不可解だった。あとで分かったことだが、他会派の人選の関係での指名だったとのことだった。

私は議員としての当然の規範を守って監査をやっていたのだが、それが評価されたらしい。私利私欲を廃した公平さという点で、私は行政と議会の両方から、その仕事ぶりが好評だった。おかげで副議長でなく、監査役を2年間やることになった。副議長は名誉職である。一方で監査は市民の生活に関わる実務だ。私は名を捨て市民のために尽くそうと思った。

市議会本会議場で質問に立つ私。質問は、ただの批判や自己主張で無く、市政の改善や市民のためになるように心がけた

議長席で

第三節　第60代前橋市議会議長に就任する

市議会議長は、市議から選ばれるが、当選回数が同数ならば年長者が優先されるのが慣例だった。私の属する市議会の最大会派で３期当選者が３人いた。私は最年少だったが、支持する議員が多かった。先輩を飛ばして議長になるのは、いかがなものか、と私は状況を見守っていた。

トップ当選という市民の支持、これまでの仕事ぶり等から推してくれる人が多かったのだろう。「大武を議長に」という声は高くなってきた。一方、議長候補に私の名前が出ると、同期で年長の議員は反発し、会派を離脱する、というところまできてしまった。大武支持者が多いことは事実なので、会派の執行部が離脱の動きを見せる同期議員を説得し、３月３日の本会議の選挙により、私が第60代前橋市議会議長に就任した。

本来なら副議長を経験してから議長という順序だったが、副を飛

平成8年（1996）に開通した上毛大橋のテープカット

ばした「てんずけ議長」となったわけである。これはあまり前例がなく、市役所職員の間でも驚きの声が上がったという。

議員は市民の代表である。市民が光を放つ恒星であり、議員はその光を受けて光らせてもらう惑星である。議長職は、まさに市民からの光をいっぱい浴びさせて頂いたおかげであると思う。「市民の光の強さが応援してくれたんだ」と、私は改めて市民の皆様に感謝した。

第四節　世界室内陸上で　来県された天皇皇后両陛下と会食

私が議長になった平成11年（1999）に「1999年世界室内陸上競技選手権大会」がグリーンドーム前橋で開催された。世界室内陸上としては、アジア初の大会だった。世界的な大会ということ

で、天皇皇后両陛下が開会式に来県された。

開会式の3月5日、両陛下はJR高崎駅から群馬県庁へ向かい、県知事、県議会議長が随行して昼食の席が設けられたマーキュリーホテルにお出ましになった。正面玄関では、前橋市長と市議会議長がお出迎えする。

私が市議会議長に就任したのは前々日の3月3日。奇しくも議長になって3日目で最大級の仕事に直面することになった。

マーキュリーホテルの前には、大勢の市民が日の丸の小旗をもって集まっている。その中には、私の後援会の人、地元の知人なども混じっている。私は顔見知りの方にあいさつしてから市長の隣の位置に立った。

車から降りた天皇皇后両陛下は、玄関に直行するのではなく、左右に立ち並ぶ歓迎の市民に歩み寄り、笑顔で応える。左右の両方に丁寧に会釈して進まれる姿は、さすがに

行き届いた心配りだと感心した。
　会食はマーキュリーホテル２階の10人ほどが入れるこぢんまりした部屋で行われた。金屏風が立てられ、白いテーブルクロスの上には、役職と名前が記されたメニュー書きが置かれていた。豪華だが派手ではなく、格式のある重厚さが漂っていた。
　臨席したのは、小寺弘之県知事、萩原弥惣治前橋市長、田島雄一県議会議長、大武仁作前橋市議会議長の他、侍従が３名だったと思う。それぞれが着席した後、年配の女性の侍従の方が、慣れた口調で歓迎食事会の流れと、注意点を話された。
　要点は「食事中、天皇皇后両陛下に、皆様の方から決して話しかけないこと」、また「両陛下はゆっくりとお食事をされるので、決して陛下よりも早く食べ終わらないこと」であった。

両陛下は休憩された後、会食の席に臨まれた。「両陛下が入室されます」という連絡が来ると、全員が立ってお出迎えした。もちろん、拍手などは無い。

メニューは、赤城牛のステーキをメインに、寿司などが入った幕の内形式だった。天皇皇后両陛下との会食である。私も緊張していたのだろう。この時の料理の様子はいまでも覚えている。ステーキは一口大に切ったものが5切れ、にぎり寿司は大きさが普通の握りの約半分くらいの大きさのものが3個、その他付け合わせ、香の物などであった。上品な盛り付けだが、私のような庶民から見ると量が少なく、普通に食べれば10分もかからないで食べ終わってしまいそうだった。

第五節　陛下からお言葉を頂く

おしぼりで手を拭き食事が始まると、最初に天皇陛下から「市議会議長さんは、いつ議長になられたのですか?」と私にお言葉があった。知事や市長を差し置いてのお言葉なので、私も戸惑ったが「はい、今日で3日目でございます」とお答えした。陛下から「それはそれはご苦労様です」とにこやかなご返事があり、会場が思わず和やかな空気に包まれた。

萩原市長から前橋けいりんの寛仁親王牌開催のお礼があり、両陛下のこれまでの群馬県訪問の話などが続いた。

お話とお食事は和やかに進んでいったが、私が気がかりだったのは、隣にいらっしゃる皇后さまの箸の進み具合だった。実にゆっくりと丁寧に召し上がる。寿司など一口で食べてしまうところ、皇后さまは何口かに分けて箸を運ばれる。ともすると、先走ってしまいそうになる私だったので、努めてじっくりと味わい、ゆったりした

室内陸上で、萩原弥惣治市長夫妻と日本の短距離エースの伊東浩司選手

ペースを保つようにした。

両陛下との会食という名誉な席だったが、一番印象に残っているのは、天皇陛下がまず私にお声をかけて頂いたことだ。陛下は訪問する際、同席する相手の資料などにも目を通されるらしい。私の議長就任が何日か前だったので心にとまり、私へのお言葉になったのだろう。

たまたま議長になった3日後に、両陛下との会食があり、お言葉も頂き、大変名誉であり、また、幸運なことだと思った次第である。

第六節　表彰式で外人選手のハグにびっくり

世界室内陸上競技選手権大会の開会式は、私たち主催者側が会場で両陛下をお出迎えしなければならない。食事を終え、ホテルを出る両陛下を正面玄関でお送りする。両陛下は、群馬大橋から県庁舎

タチアナ・コトワ選手は、室内陸上女子走り幅跳びで堂々の金メダルを獲得した。前橋での大会以後、オリンピック、世界陸上、ヨーロッパ選手権と、優勝経験を重ねた

前を通り、グリーンドームに向かわれる。

萩原市長と私は、別の車列で中央大橋を通り近道を走った。黒塗りの市長車と議長車が前後して走り出すと、途中の信号が全て青に変わった。もし、天皇皇后両陛下の到着よりも遅れて着いたら失礼である。そのための強行軍だが、信号待ちなしのスピード感のある走行で、グリーンドームに到着できた。

開会式では、天皇陛下のお言葉があり、世界室内陸上競技選手権大会が前橋市で始まった。参加115カ国、参加選手487人、競技種目28種目の大きな世界大会だ。前回が1997年のパリ、次回が2001年のリスボンで、アジア初の室内陸上ということもあり、世界中から注目を集めた。

市議会議長としての私にも出番があり、女子走り幅跳び入賞者へのメダル授与である。表彰台に乗った入賞者に、メダルを渡す役だった。

女子走り幅跳びの優勝者はロシアのタチアナ・コトワ、銀メダル

優勝したタチアナ選手にメダルを渡そうとすると、壇上からハグをされたのでびっくりした。ロシアやヨーロッパでは普通の習慣でも、不意に顔を寄せてきたので、私としても「あれっ」と思った次第である

はアメリカのシャナ・ウィリアムズ、銅メダルはブルガリアのイヴァ・ブランジーバだった。緊張しながら表彰台前に進み、「コングラチュレーション」と言葉をかけながら、金銀銅の各メダルとブーケを各選手に授与し、握手を交わした。

優勝のタチアナさんが、握手の手を握ったまま顔を寄せてきて頬ずりしてきたのにはびっくりした。外国の習慣として知ってはいたが、急な頬ずりには驚くやら、戸惑うやらで、今ではいい思い出になっている。

妻照代との生活と思い出

妻照代と選挙運動中の私。私の政治活動に照代は欠かせない存在だった

第一節　公務の最中に事故の連絡が入る

平成11年（1999）11月15日は、霧雨の降る肌寒い秋の一日だった。七五三なのに、晴れ着の子どもや家族はたいへんだな、と私は空を見上げながらつぶやいた。

市議会議長の公務で、私は利根西農業委員の会議に出席し、その後、懇親会のために池端町の会場に着いたところだった。

「大武さん、たいへんだ」と、後から来た農業委員の方が、息せき切って私を呼び止めた。「奥さんが交通事故で救急車で運ばれたよ。事務所前の道路が交通止めだ」

私は頭の中が真っ白になり、とにかく様子を聞こうと事務所に電話した。しかし、電話がつながらない。思いあまって近くの家に電話すると「照代ちゃんが車にはねられたらしい」との答えだった。

「まさか、まさか」と思いながら、事務所に引き返した。近所の方が私を見つけて駆け寄ってきた。そこでようやく妻が交通事故に遭い、救急車で運ばれたことを知った。

事務所前の現場では、小雨が降りしきる中、警察の現場検証が行われていた。警察官から簡単に事故の様子を聞かせてもらい、取るものも取りあえず、妻が運ばれた日赤病院に向かった。

処置室で手当てを受けていた妻は、青白い顔で酸素マスクやチューブでつながれ、機械で心臓を動かしている状態だった。

長男の征仁がベッドの妻に寄りかかるようにして「お母さん、お母さん」と涙声で呼びかけている。その声は、私の耳の奥で木霊のように何度も響き、ずっと消えなかった。

長女亜弓と孫の夏未

第二節　北海道から駆けつけた娘

看護師さんから「会わせたいご親族の方がいれば、連絡を取ってください」と言われ、北海道の大学にいる長女の亜弓に電話して、

市会議員になると仕事が忙しくてなかなか家族団らんの時間も取れなくなった。しかし、寸暇を惜しんで家族とのふれあいのときを持つように努めた

おおよその出来事を話した。

娘は「お母さんの容態はどうなの？　私は大丈夫だから、もしだめならだめとはっきり言って！」と気丈な口調で問い返した。私は、はっと我に返り、もう取り返しの付かないところに来ているんだ、と痛感した。

「自動車2台にはねられて危篤状態だ。もうだめかもしれない。とにかく、急いで帰ってきなさい」と、私は振り絞るように娘に伝えた。

娘はその日のうちに飛行機で羽田に飛んできたが、深夜のことで前橋まで来る列車が無い。娘は大宮に中学時代の友達がいることを思い出し、事情を話したら、親切にも車で送ってくれた。娘が到着したのは、午前1時を過ぎていた。すでに妻照代に臨終の宣告がされた後だった。

事故の知らせを受けてからの出来事は、頭がぼうっとして、まるでひどい悪夢にうなされているようだった。息子と娘がそばに来て、医師の言葉を聞くと、ようやく全てが現実のことだと心に迫ってきた。「照代は逝ってしまったんだ」と私は現実に返り、悲しみに打ちのめされた。

親族の思いとは別に、私は公務に就く立場だった。事件があちこちに伝わると、組織が動き出し、さまざまな手続きが進行していた。すでに事故当日の夕方には、市長及び議会事務局に連絡が入っていた。午後10時過ぎに秘書課長から「議会と市長の日程の関係で、葬儀は11月18日、市の斎場でお願いします。予約しておきました」という連絡を受けた。私は市議会議長に引き戻され、「分かりました。お願いします」と答えた。

第三節　子どもには母親が必要な時期が二度ある

「子どもには、母親が必要な時期が二度ある」と言われる。

一度目は小中学校に通うくらいから思春期、二度目は、結婚して子どもが出来、幼稚園に上がるくらいまでの時期である。

照代が事故で亡くなったとき、2人の子どもはまだ未婚で、長男は社会人になったばかり、長女は大学生だった。「必要な二度の時期」で言えば、思春期は母親に見守られながら育ったが、もう一つの結婚から子育ての時期には、出会えなかった訳である。

2人の子どもは、大事な時期に母親を亡くしたにもかかわらず、父の私の目から見ても立派に育った。その後結婚し、社会人としてきちんと暮らしている。子どもたちを見ていると、照代の母親としての愛情やしつけが正しいものであり、子どもたちを良い方向に導いたか分かる。

父親として、夫として、妻の照代には、子どもたちの成長や孫の姿を見せてやりたかった。それが今でも心残りであり、不憫に思えてならない。

「利根川」

ハンドルを握る前に

妻の葬儀の際に私は「昔、本で読んだことがあります。感謝の気持ちが足りないと、神様はその人の一番大切なものを奪うのだと・・・」と述べた。新聞のコラムがそれを取り上げ、交通事故への注意を呼びかけた

（読売新聞　平成11年11月21日付）

馬2　地域ニュース　(30)

利根川

ハンドルを握る前に

「昔、本で読んだことがあります。感謝の気持ちが足りないと、神様はその人の一番大切なものを奪うのだと――」。喪主の言葉が、会葬者であふれた告別式会場に響いた。高校の同窓生の彼は、「内助の功」の誉れ高い愛妻を交通事故で失った。道路を歩いて横断中、一台の車にはねられた。不運というには、あまりにむごい。憤りを抑えたあいさつが胸を打った。妻を母を、理不尽にも失った無念さをいやす言葉などあるはずがない。その前日、バイクで本紙を配達中の若者が交差点で乗用車と衝突、十九年の人生を絶たれた。時間に正確な店主の信頼厚い好青年だったという。人生を一瞬にして暗転させる交通事故。運転免許所持率、自動車保有率とも全国一（一九九八年）の本県は、事故率でも全国でワースト二、三位の不名誉な記録を続けている。今年もすでに百六十六人の命が失われた（十八日現在）。昨年比千件以上の増加ぶりだ。

ふだん運転しながら、身近に起きなければ事故の悲惨と恐怖を思うことなく、ニュースにも鈍感になっているのがわれながらこわい。話題となった安中署の「般若シール」のように事故防止に様々な工夫がなされても、決定打がない。「クルマ廃止」以外の決定打など元よりないのだろう。

無力感をかみしめ、せめてドライバー諸氏に呼びかけたい。事故後に確実に襲ってくる生活や仕事の激変、そして重く長くやるせない心の負担。ハンドルを握る前、ほんの少しでも想像してみよう、と。（小林　政弘）

旭日双光章を受章

ＪＲ群馬総社駅
群馬総社駅は地元の公共交通機関の要。市議になってから周辺開発に努め、公営駐車場を開設した

第一節　ＪＲ群馬総社駅西口開設と周辺整備に取り組む

インフラの整備は、地域振興の基盤であり、市議としてまず取り組まなくてはならない課題である。特に鉄道関係は幅広い影響があるので、慎重かつ重点的に対処すべき問題である。

私が市議会議長になった平成11年（１９９９）３月、前橋大島駅が開業し、記念イベントでは、くす玉割りを仰せつかった。同駅は、昭和30年（１９５５）に「東前橋駅」として開業したが、昭和42年（１９６７）に休止され、62年（１９８７）に廃止された。その後、木工団地や広瀬団地の発展で、ぜひ駅の復活が望まれていた。平成になりようやく前橋大島駅として復活した経緯がある。

同駅の開通で、前橋市内にあるＪＲの駅は、前橋駅、駒形駅、新前橋駅、群馬総社駅、それに前橋大島駅で５つとなった。

そのなかで私の地元の群馬総社駅は、乗降客数が一番少なく、駅

荻原市長に、群馬総社駅周辺整備について、地元の声を伝える

周辺も閑散としている。これをなんとかしなくては、と思っていた。地元選出の市議として、私のやるべき課題を考慮した結果、周辺商店街の活性化策や、駅西口の開設など、取り組みたい事項はたくさんあるが、とりあえず駅周辺に使いやすい大きな駐車場を整備して乗降客を増やさなければ話にならない。

第二節　市内5つのJR駅で公営駐車場の無いのは総社だけ？

当時、市内に5つあるJR駅のうち、市営駐車場の無いのは、群馬総社駅のみであった。市議としても「市営」なら主張しやすい。この問題については、従前から議会で再三発言してきたが、動きは鈍かった。そのため、地元から具体的な案を出すしか無いと考えた。

駅東南に隣接して約1900平方メートルの資材置き場があっ

群馬総社駅の市営駐車場

た。半ば放置された状態だったので、私は駅周辺の開発に役立つのではと、以前からここに目を付けていた。地権者は地元の法人で、社長の奥様は、私が勝山小学校のＰＴＡ会長のときに一緒に役員をされていた方だった。また、社長とも学校行事で何度か顔を合わせていたと分かった。

駅周辺の開発には大事な要素なので、とりあえず地権者を訪ね、世間話の合間に、土地利用の様子を聞いた。社長の話では、とくに利用計画は無いという。それなら急ぐ必要は無いが、市当局に陳情を重ねながら、様子を見ていた案件だった。

群馬総社駅の市営駐車場建設の質問を、繰り返すうちに、平成10年（１９９８）実が熟し、前橋市土地

私が議長の時の市議会。当時の萩原弥惣治市長が演壇に立っている

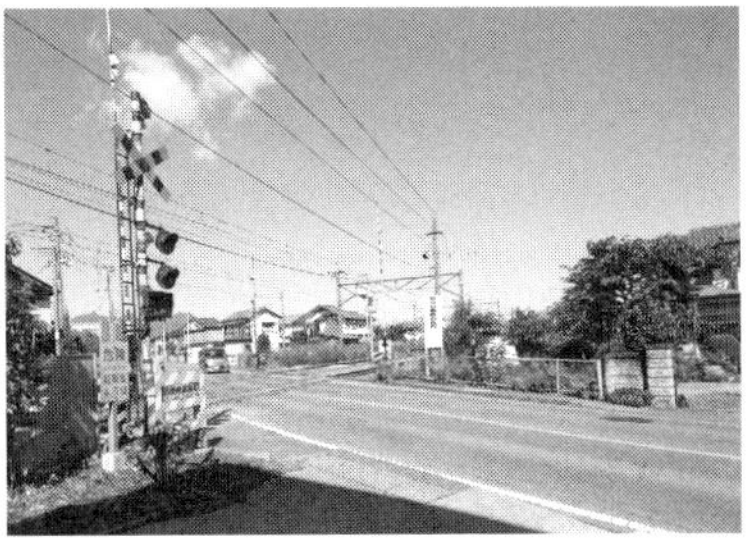

群馬総社駅南側の踏切

開発公社がこれを購入してくれた。市議会議長となった翌年の平成12年（２０００）、ようやく市営駐車場設置の予算が付き、駐車場が出来ることになった。

これで前橋市内のＪＲ駅全てに公営の駐車場が出来た事になる。私としても、長年の尽力が実り、地元の駅周辺整備に力添え出来、うれしく感じた案件である。

第三節　群馬総社駅西口開設に向けての運動

公営駐車場設置も大事だが、総社駅には西口が無い。そのため上越線西側に住む人たちは、駅舎から約３００メートル離れている南北どちらかの踏切を渡って、東口に回らなくてはならない。

この件については、以前からＪＲに働きかけ、西口開設の陳情を何度も行っていた。ＪＲの駅舎づくりの基準は乗降客数で当時、総

群馬総社駅内

社駅は市内で一番利用客が少なかった。ＪＲ側は、駅舎建て替えは全額市費で、という条件を譲らなかった。客観的な乗降客数、という基準を突きつけられては、いくら私が地域発展のため、と力説しても話は進まない。

早期の西口開設が困難なので、東西の連絡について何か方策は無いかと、取り組んだ。西口を開設するにしても、敷地が無くては無理である。ちょうど国鉄清算事業団が、駅西側の余剰地を売り出すという情報を知った。前述の市営駐車場の向かい側の土地、約６５０平方メートルで場所的にもちょうど良い。運動してこれを市に購入してもらった。ここと東口の駅舎側を結ぶ跨線橋の設置案を提案し、ＪＲ側と協議を重ねた。

跨線橋設置も、工事費は全額市が負担し、設計と工事はＪＲが行うという主張を繰り返した。

この件については、ＪＲの内規もあり、もちろん市の予算の都合もある。課題が多いため、基本に立ち返り、まず乗降客の増加を地

群馬総社駅前

道におこなうように地域に働きかけた。また、できるところからということで、周辺の道路整備などを行い、時期を待つことになった。

第四節　市議会議長が単年度制になっている理由

2期目に当選した頃の話だが、まだまだ分からないことが多い。当時、こんなことを先輩議員に尋ねたことがある。毎年3月の定例議会に向け、会派の間で役員選出の会議が行われた。これは、議長や委員会の役員を決める会議である。私は、市議会議長が1年で交代するのが疑問だった。

「議会内の役職は、どうして1年で交代することが多いのですか。とくに議長、副議長はだいたい単年度で交代しますね。ようやく仕事が分かってきた頃、交代するのはどういうことなんでしょう?」

「役職については、議会内での申し合わせで、単年度になってい

市議会本会議の統括質疑。議会では代表質問、一般質問、質疑などがある。統括質疑は、会派を代表して行う質疑である

ます」というのが答えだった。

議長その他の役職に任期は、議員の任期とする。とあり、いわば慣習である。とは言っても、合点がいかず、会議の後、何人かの先輩議員に聞いてみると、ようやくその理由が判明した。先輩の答えは次のようなものであった。

「議長などが1年で交代するのは、できるだけ多くの議員が役職に就くことができるようにするためなんだよ」ということであった。また、議長職については、叙勲との関係もあると教えられた。市議の叙勲は「20年以上議員を務めること、あるいは市議会議長に就くこと」が条件になっているということだった。そのため、できるだけ多くの議員が勲章をもらえるように、議長職は単年度制が慣例になっているというのである。

私は「勲章が欲しくて役職のたらい回しをしているのか」とがっかりしたのを覚えている。市民からは「勲章のために議員になったのか」という声が聞こえてきそうな話である。

5期目、六仁会との宴席

第五節　県庁からの叙勲の電話のとき、胸をよぎったもの

平成28年（2016）7月末、県庁から電話があった。

「今年秋の叙勲の対象に大武仁作さんが挙がっています。旭日双光章ですが、受けて頂けますか？」という内容だった。

思ってもいない話なので、思わず「えっ！」と声に出たほどだった。電話の先では、私の返答を待っている。どう返事をしたらいいか、心の中でさまざまな思いが渦巻いた。その時に思い出したのが、前述の新人議員の頃の会話である。なるほど、私は先輩議員の話にあった二つの条件は満たしている。

一方で「おれは勲章が欲しくて議員になったのではないぞ」という思いもあった。最初に立候補したときから、名誉や欲得抜きで市民のため、地元のためにがんばってきた。人に認められるような成果もいくつかは上げたつもりである。

前橋市の予算要望で大澤正明知事を訪問したときの写真。市の予算編成では、県と関連する案件については、細かな話し合いが必要だった

受話器の向こうの私の返事を待つ気配を感じながら、これまでの議員生活で、市民や自分に恥じることがあったか、いや、それは無い。市民の負託に応えてきただろうか、できる限り精一杯の努力はしてきたつもりである。私を支持してくれた方々の代わりとして、この名誉を受けてもいいのでは無いか、と考えた。私は、

「はい、お受けします」と、答えた。

その後、叙勲の予定が郵送されてきた。これが20年間の仕事の一つの表れなのか、と亡くなった妻の顔や、無数の支援者、後援会の方々の顔が眼前をよぎり、胸がいっぱいになった。最初に脳裏に浮かんだ言葉は、

「何という巡り合わせだろうか。天は妻照代の内助の功を忘れていなかったのだな」というものだった。

天皇陛下の拝謁は、ちょうど妻照代の命日だった。

叙勲の勲記

第六節　妻の遺影を胸に勲章の授与式に参列

同年11月3日の文化の日に新聞紙上で叙勲の公式発表がなされた。翌4日、群馬県庁正庁の間で知事より勲章、勲記の伝達を受けた。11月15日には皇居での式典があり上京した。知人宅でモーニングに着替え、タクシーで群馬県東京事務所に向かった。事務所には県内の叙勲受章者が集合し、一人一人の記念写真を撮影した。県内受章者はそろってバスに乗り、皇居に向かった。全国から集まった受章者および関係者でごった返すほどだった。

予定時間までバスの中で待機。宮内庁の係員から「トイレは駐車場のトイレで済ませてください」などの案内があった。周囲の受章者を見ると、中高年が多いせいか、車椅子や杖をついた人もいて、長年それぞれの分野で社会に貢献した姿だなと感じ入った。

集団での記念撮影の後、天皇陛下に拝謁した。

私はモーニングに着替えたときから、胸のポケットに妻照代の遺影を忍ばせていた。拝謁式には、夫婦同伴が原則なので、二人そろって並ぶ方がほとんどである。その中で私は胸ポケットにしまった妻の遺影と共に並んだ。

ずらりと整列した受章者に向かい、天皇陛下は祝辞を述べ、代表者の謝辞を受けられた。その後、陛下は整列した私たちの間をゆっくり会釈しながら歩かれた。車椅子の人には、親しくお声をかけられたりした。部屋に入ってから30分ほどの儀式ではあったが、重み

平成18年度の群馬県総合表彰を受けた際の記念写真

市議5期、市議会議長で市政への貢献が認められ、旭日双光章を受章した

と気品のこもった時間で、いまでも忘れることが出来ない。

群馬県東京事務所に戻り平服に着替えた。旧友たちが祝いの席を用意してくれ、私の受章を心から祝ってくれた。

私にとって記念すべき一日であったが、常に私の胸には妻照代がいた。私は時折「感謝、感謝」と声にならない言葉で、照代に語りかけた。図らずも、この日が妻照代の17回目の命日だったことに、何か因縁を感じざるを得なかった。受章の一日はそうして終わった。

第七節　6回目の市議選出馬を断念

1期、2期の頃、議員として市民の立場に立ち、改革の情熱に燃え、新しい発想で動き出してさまざまな市政刷新の運動を行った。ところが、長老といわれる5期、6期の大先輩には、それがなかなか理解してもらえなかった。そのことを考えると、私自身の5期20年と

市議5期目の当選の際、六仁会のメンバーが集まり、祝いの席を設けてくれた。同級生から花束贈呈

いう歳月は、市民を代表する議員として、前例主義に陥りやすくなってきている感は否めない。

妻照代がいれば、思考能力が鈍くなっていることなども、忌憚のない助言をもらえるのだろうか、なまじ自分が「先輩」の立場に立つと、周りも遠慮があるのか、それも難しい。

3期目に当選して議長職に就いたある晩、妻に「お父さん、もう議員はやめてもいいんじゃない」と言われたことがあった。私は「そうなあ」と、結論じみたことを出さないまま日々は過ぎた。結果的には、照代は3回の選挙しか経験しないで逝ってしまったのである。

「飛行機は離陸よりも、着陸が難しい」、「選挙は出る時はみんなの力が必要だが、退く時は自らが判断しろ」と言われてきた。

とはいえ、今まで自分を犠牲にしてまで応援してくれた多くの仲間の事を思えば、「辞める」というのは、何か裏切るようでなかなか踏み切れない。

どうしようか、どうしようかと、いろいろな思いが次から次へ頭

平成15年10月に高山市で開かれた第65回全国都市会議に出席した。日本全国の自治体首長や議会、都市行政関係者など約1900人が参加した

をよぎり、気持ちが塞ぎ込んでしまって夜は眠れず、食欲も無くなって体がだるくなり、誰とも会いたくなくなっていった。

こんな毎日が半年くらい続き、かかりつけの内科医に体の症状を告げたところ、精密検査をすることになった。

検査の結果、MRI画像に脳梗塞に起因する大きな跡が2カ所、小さな跡が3カ所発見され動脈硬化も進んでいた。

その上「うつ病的ともいえる症状も表れている」とまで告げられた。

このまま、皆さんのお世話になりながら議員を続けるべきか、何度も何度も自分自身に問いかける日々が続いた。

この20年間、情熱に燃えて立ちあがり、県都前橋市の発展と、ふるさと総社清里「六中地区」のため、時代の流れを見据えて相応しい改革・環境整備・街づくりに、一生懸命取り組んできた。この世界での「一瞬先は闇」も経験してきた。当時の情熱は年と共に薄れてきている。気力・体力そして精神力にも不安を感じてきて、議員としての仕事にも自信が持てなくなりつつあった。

　こんな状態で議員を務めるのは、かえって支持してくれる皆さんを裏切ることだと考えた。

　まず兄弟姉妹に思いを伝え、後援会役員会、支部長会を開いて引退の決意を話した。

　私の決意を聞き「まだ出来るだろう、もったいないよ」との反応が大半だった。しかし、私の気持ちは動かなかった。支持者の方々には申し訳ないが、引退を決意した。

　引退後も、今までの貴重な経験を活かして、地域の皆さんのお役に立ちたいと、各方面に頭を下げて回り、私は市議会議員生活に終止符を打つことになった。

第13章

私の信条を好きな言葉で綴る

二子山古墳から榛名山を望む

人は生きるとき、言葉を必要とする。

幼いときは自分の欲求を伝えるため。成長して社会に出れば、他人と情報や意思を伝達するため。生活や仕事のためのコミュニケーションは、言葉が無くては始まらない。また、愛や怒りといった感情を伝えるための言葉も重要だ。

それとは別に、大勢の人々を感動させ、動かすような言葉もある。過去、多くの人が佳いと思い、伝えてきた言葉は、故事やことわざ、たとえ話などとして、古典に準じるような扱いをされてきた。一人の人が感動する言葉とはまた別に、世間や世の中に働きかける力を持った言葉といったらいいだろうか。

この章は、これまで私が演説やあいさつをして評判の良かったもの、また、私自身が感動し、人生の指針にしている言葉などを取り上げてみた。例え話や故事成語、作品の一部など、長短さまざまである。どれも意図して集めたというより、その時々のあいさつ、演説、報告などで用いるため、原稿に書いたり、即興で記憶から取り出したりしたものだ。

もともとは、人から聞いて印象に残っていたり、本を読んだ時に手帳に書き留めたりしたものなので、原典が不明だったり、言い回しが正確でない言葉も多い。

また、知人がたまたま口にして印象に残った言葉も多い。普通の人たちが、何気なく語る一言は、人生の知恵が含まれていて、胸に響くものも多い。

たいていの言葉は世間によく知られた名言の類いであるが、私の胸に秘めた信条を、表した言葉でもある。

一節には、会合など私が話した演説、報告、あいさつを、二節には原典が分かっている文章の引用、三節は折に触れて耳に挟んだ言葉、四節は私が政治に関心を持つきっかけになったケネディ大統領の就任演説を対訳の形で取り上げた。

「＊」以下は、私のコメントである。

第一節　あいさつの言葉

議員、後に市議会議長になると、さまざまな場であいさつする機会が多くなる。めでたい席や形式張った会議、人数も十数人から何百人などさまざまだ。そうした場で述べるあいさつや言葉は、お祝いもあるし、励ましもある。とにもかくにも、場の雰囲気に合った適切な内容と表現でなくてはならない。

数多くのあいさつのなかで、たまたま原稿が手元に残り、参加者に受けたものをいくつかあげてみた。

○「着物は裏地が決め手」（ある結婚披露宴での祝辞）

本日は誠におめでとうございます。

私の母は子育てをしながら、皆さんから頼まれた和服の仕立ての内職をしていました。私が小学生の頃か、家に仕事を頼みに着た方が、布地を広げてこんなことを言いました。

「大武さんの奥さんは腕がとてもいいんだ。だから、裏地にいい布を使って、型崩れしない着物に仕上げるんだよ」

そのときは意味が分かりませんでしたが、着物の仕組みが分かるようになり、奥の深い言葉だと分かってきました。

例えて言えば、ご主人が着物で、奥様が裏地なんですね。新郎は、これからがんばって働き、ますます責任のある仕事を担っていきます。もし、そんな新郎が着ている服がしわくちゃで、形が崩れていたら人から信頼されるでしょうか。人柄も疑われてしまいます。

一方、奥様の内助の功により、ご主人の身なりがきちんと整っていれば、周囲の方の見る目も違い、仕事も人間関係もうまくいきます。

さらに、普段は見えない服の裏地が立派なものであれば、「なるほど、彼は表に出ている所だけでなく、いつもは見えないところにも、気を配っているんだ。これは奥さんの気遣いのたまものだな」と、好印象を持たれるでしょう。

私は議員になった頃「井戸を掘ってくれた人のことを忘れるな」と言われたことを思い出します。日常、何気なく使っている井戸も、誰か掘った人がいるからこそ、今自由に水が使えます。当たり前のように思っても、必ずそれを用意し、整える人がいることを忘れるな、という忠告なんですね。

本日の新郎も、佳き新婦の内助の功を、当たり前と思わず、日々感謝しなくてはなりません。

以上が私のはなむけの言葉です。おめでとうございます。

＊母親の内職の思い出をもとに、陰になって働く人への思いやりを忘れず、また、本当に価値のあるのは、隠れたところにある、ということを語ったあいさつである。

○「空っ風は『エキス』を落とした残り物」

（新潟出身の議員を迎えてのあいさつ）

本日は、私たち前橋広域市町村議会議員研修会に参加して頂きありがとうございます。講師として、新潟県選出の白川勝彦衆議院議員にお越し頂きました。

上州と言えば空っ風、雷、かかあ天下です。本日の前橋広域市町村圏は、空っ風の吹きすさぶ関東平野の北部、義理人情に厚い地域です。

今回の講師としてお招きした白川先生の出身地は新潟県です。越後は、冬の豪雪で名高く、この雪が豊かな水源となっておいしいお米を育みます。雪が降るところほど、おいしいお米がとれます。冬、日本海からの湿った風は、日本の脊梁山脈を超えるとき、手前の越後に雪となったエキスを落とし、その残りカスが山越えをして、からの風を上州に吹かせます。空っ風は、越後にエキスを吸い取られたカスなのであります。

ここにおいでの白川先生は、エキスを十分すって育った滋味豊かなお方です。空っ風の縁で越後と上州は他人とは思えない間柄です。では、先生のエキスたっぷりのお話をお願いいたします。

＊前橋広域市町村圏議会議員研修会は、文字通り前橋広域圏の市町村議会議員の集まりで、勉強のために研修会を開いている。その中で、国会議員の白川先生をお呼びしたとき、先生を立てるために、空っ風と雪を対比させて話してみた。普通ならマイナスイメージの強い越後の豪雪を、「エキス」として持ち上げ、先生はもちろん、議員の皆さんにも大受けした話題であった。

○「前橋の風上《かざかみ》の地」（榛東村村長選決起大会の応援演説）

前橋市民の生活は、榛東村の影響を強く受けています。その榛東村で人望の厚い一倉登現村長が、また立たれると聞き、雨の中、居ても立ってもいられずに駆けつけました。

人の暮らしに最も大事なものは、まず、水ではないでしょうか？榛東村は前橋の風上《かざかみ》に位置します。風も、水も榛東の方から前橋に流れてきます。その水を前橋市民は、ありがたく頂いて暮らしを豊かにしているのです。

だから、へんな風や汚れた水を流されたらたいへんです。死活問題です。だからこそ、信頼と実績のある一倉登村長に、再び当選して欲しいのです。一倉村長にまた村政を担当して頂き、よりよい風を、よりきれいな水を流して頂きたい。そのことで、より榛東村と前橋市の連繫を深めていかなくてはなりません。

○「感動が人を若返らせる」（老人会でのあいさつ）

人は年を取っても、いつまでも若々しくいられる秘訣があります。それは感性を磨くことです。つまり、感動をいつも感じる心を持ち続けるということです。

きれいに咲いている花を見て、「きれいなだあ」と感じる心、人に良いことがあったら「よかったね」と素直に喜べる心、困っている人の話を聞いたら、「かわいそうだ、気の毒だなあ」と一緒に悲しめる心です。

こうした感性豊かな心を持つには、どうしたらいいでしょうか？いつも恋心をもつこと、恋をしていることです。

女性はもちろん、男性も外出のときは、身ぎれいにする。女性は紅をさすのもいいでしょう。男性はネクタイを締めるのもいい。身だしなみをちゃんとすると、恋心も生まれてきます。

豊かな感性、恋心、これが若々しさの秘訣ではないでしょうか。

第二節　印象に残った名言

20年間の議員生活の中で、引用した言葉を集めてみた。市政報告会や各種会合で話すとき、名言、ことわざ、偉人・作家などの文章を引用することがある。市の施策や社会的な話題をかみ砕き、名言や引用文で補強し、わかりやすく話すために用いたものだ。そのなかで、私が特に好きな言葉、印象に残っている文を取りあげてみた。

○　手を打てば、鳥は飛び立ち、鯉は寄る、下女は茶を持つ、猿沢の池

＊一つの行為にもさまざまな受け取り方がある、という仏教の教えを説いた言葉

○ **進むべき時に進むは、時を失わん爲《ため》なり、退くべき時に退くは、後を全うせんが爲なり**

＊『太平記』の楠木正成の段に出てくる言葉

○ **いざ行かん、雪見にころぶ所まで**

＊松尾芭蕉の句。「ためつけて雪見にまかるかみこ哉」の上の句に続く

○ **選挙は悲観的に準備し、楽観的に戦う**

＊今まで学んできた教訓

○

きれいな花の咲く木になるよりも、大地に根を張る草になれ

＊小説家の水上勉の言葉

○

男は強くなければ生きていけない、優しくなければ生きていく価値が無い

＊レイモンド・チャンドラーの小説『プレイバック』の中の一句

○

山は雪、麓はみぞれ、里は雨。雪氷雨とそれぞれ形は違っても、溶けてしまえは、同じ利根川の水

＊支持してくれ無かった人も、戦いが終われば差別せず、同じ仲間として社会福祉の向上、地域発展のため、手をつないでやることが大事、と自分に言い聞かせるときに思い起こす言葉

○ **神は人の敬によりて威を増し、人は神の徳によりて運を添ふ**

＊北条泰時『御成敗式目』より

○ **人は宿命に生まれ、運命にいどみ、使命に燃える**

＊元内閣総理大臣 小渕恵三の言葉

○ **暮れてなほ命の限り蝉しぐれ**

＊元内閣総理大臣 中曽根康弘が、90歳になったとき出した句集の中の一句

○青春とは人生のある時期ではなく、心の持ち方を言う
年を重ねただけでは人は老いない。
理想を失うとき初めて老いる
＊サムエル・ウルマンの言葉

○行く春を物言う花と語るなり
＊栗木氏が教えてくれた句

○女性の立場から「市政のほころびを繕わせてください。
市政の針仕事をさせてください」

○

菊造り菊見る時は陰の人

菊根分けあとは自分の土で咲け

菊根分け古き家風の土添えて

＊いずれも小説家の吉川英治が詠んだ句である。結婚式のあいさつに最適な言葉である

○

政治家になるための心がけ　①何をしたいのか、目的を明確に（議員になるのは手段にしか過ぎない）　②基本的に働いて食えるのだから卑屈にならないこと。有権者に食わしてもらわなくてもよいのだから（いつ辞めてもいいと腹をくくる）　③孤独に耐える訓練が必要だ（最後の決断は政治家本人が決める）

④良い指導者を得て、目標を明確にして努力すれば道は開ける

＊平成14年6月から12月まで月1回参加した自民党のセミナーで

○ 週休五日制の教育は、人間力を高める教育をやるべき。現状は7・5・3（しちごさん）教育になっている（小学校は生徒の7割が授業を理解している。中学は5割が理解できる。高校は3割しか理解していない）

○ 30人学級にすると、8万人の先生が必要で、先生一人につき定年まで1億円かかる

○ 市民から頼まれたら「3日以内に返事をします」

＊同研修会での講話より

第三節　人々の言葉には、経験から来る深い知恵がある

人生も年月を重ねると、実に多くの人と出会ってきたなと感じる。人との出会いが人生そのものだともいえるほどだ。

お会いした方々の中には、上は天皇皇后両陛下もいらっしゃれば、私の生活の周囲にいるごく普通の人たちもいる。

そうした数多くの出会いの中で、一般の人が漏らす言葉の中には、鋭い知恵や人生のエキスが含まれていることがある。どなたから聞いたのかもはっきりしないものも多いが、いわば人々の知恵として思い出す言葉を以下にあげてみた。

○　いい先生は子どもと共に笑う。悪い先生は子どもを笑う

○　欠点だらけの自分に気づき、他人を批判しない集団で生きるのが原則だ

○　人生ちょっと損をする生き方をすれば、ずいぶん楽に生きられるよ。ちょっと得をしようと生きると苦しいもんだよ。だから、ちょっと譲って生きることを身につけたいものだ

＊目先の損得に拘泥すると、結局大きな所で「損」をするという知恵

○　夜降る雪は積もるんだ

＊人の歩かない夜降った雪のように、人の目を気にせずに努力したり、仕事をする人が本当の成果をあげる。選挙での集票の手段に通じる

○
非核三原則「持たず」「作らず」「持ち込ませず」
新非核三原則「持たせず」「作らせず」「使わせず」

＊これからの時代には、新しい三原則が必要だ

○
議員は真っ赤に燃える情念の炎でなければならない。行政は青く燃える理性の炎でなければならない

＊萩原元市長のあいさつの中から
物事を進める情熱と、効率的に事をなす冷静さは異なる

○
凧は風がないと揚がらない、と言っていたら、いつまでも揚がらない。風がなければ、自分が走ればいい。走れば風が起こり、凧は揚がる。少し揚がれば、空の上には風が吹いている。その

風によってもっと上の風をとらえてどんどん揚がっていく

＊選挙の時、周りが動かないと嘆くのではなく、自分から動き出す。そうすると次第に人が動きだし、どんどん広がっていく。周りに責任を押しつけるのではなく、自分から動くことが大事

○観光なんてものは、夢とロマンと多少のウソを売れば良い

○放してある鹿は大事にしろ、ケモノ道を教えてくれる。場合によっては、敵の方に導いてくれる

＊人や物事の動きを冷静に観察すれば、隠れた道、意外な目標が見えてくる

○ 冬に皮を着ず、夏に扇を使わず、雨に傘をささず、何事でも率先垂範、先頭に立て

＊人を動かすには、皆に感心される手本を見せよ

○ われ、横に歩きながら子どもにはまっすぐ歩め、と言って聞かせる親カニの父

○ 人間と動物の差は、笑うこと。「心美人は顔美人」

＊余裕を持ち、ゆったりした心持ちが大事

○ 人間当たり前と思ったところから、不幸が始まるよ

○最後まで生き残れる者は、最も強い者ではない。最も知的な者でもない。それは、変化に最もよく、適応できた者である

＊強いものではなく、よりよく生きたものが勝者になる

○鮎は瀬で泳ぎ、鳥は木に休み、人は情けの下に住む

＊選挙のたびに、多くの人に助けられ、そのことへの感謝を表現した言葉

○普段はどうでもいい。いざ何か問題が起きたときにどう対処するかが、その人の力、大きさだ

○誰だって嫌なことがある。家庭の和が大事、女房殿は我が宝

○ほめ言葉一つ知らずに年を取る

○自分の悪口を言っている人を、陰でほめてやる

＊人を陰でほめると必ず本人に伝わり、物事が改善していく

○ボールを強く壁に当てると強いボールが返ってくる。優しく投げるとほんのりと温かいボールが返ってくる

○上を見ればきりが無い。下を見て暮らせ、橋の下には宝船

○身はアゲハチョウになったけど、毛虫の頃を忘れるな

○

「渋川からだから『シブタイ』」

ある議会で次のような質問をした。

「群大医学部の東にある国道17号との交差点付近は、毎朝『シブタイ』しています。この解消策をどう考えているのか？」

役人は「ジュウタイ（渋滞）解消ですね」と聞き直した。

議員は「渋川の方から来る車が繋がるから『シブタイ』と言うんだ」議会内は大笑いの渦に包まれた

○

日本人は、「東の山から昇る太陽よりも、西の山に沈む太陽に親しんでいる」。「凛然と輝く太陽よりも、十五夜の月の方が心を洗われる」

○富士山が聳《そび》え、伊吹山が屹立する。その間にある山は名前のない山々だ。無名の山があるから、日本は成り立っているんじゃないだろうか

○振り向けば、お世話になった人ばかり

○親子、夫婦、友人、職場などの人間関係では、「やってもらう」よりも、「やってあげる」ことを優先する方が、うまくいく。「ギブ・アンド・テイク」のとおり、「ギブ」を先にする

○「身を捨てて浮かぶ瀬もあり」と言うが、滝壺にのまれたときは、じたばたせずに沈むだけ沈んでいく度胸が必要だ。沈む流れは、必ず浮かぶ流れに変わる

○　日の丸は日本人の心。燃える赤誠、純白の心、濁一点も許さず

○　いかなる時も、お辞儀は過ぎるほどした方がいい。礼儀は、足りないよりも、過ぎる方がいい

○　井戸を掘ってくれた人のことを忘れるな

第四節　私を政治の道に導いたケネディの就任演説

私が市会議員に立候補し、5期20年を務め、議長まで仰せつかったのは、少年時代に接したある言葉が影響している。それが、以下に掲げるJ・F・ケネディ元アメリカ合衆国大統領の就任演説である。

中学の時に、英語の木村先生が、おそらく補助教材としてケネディの演説の原文を使われた。大統領の演説である。中学生の英語の授業には難しすぎる。でも先生には、英語の難易度よりも、その精神を学んで欲しい、という気持ちがあったのだろう。

ケネディの演説には多くの教訓が含まれているが、私は「国が何をしてくれるかでなく、自分が何をできるかを考えろ」という言葉に打たれた。国や政治というのは、ただそこにあるものではなく、自分たち国民がつくっていくものなのだ、という考えに魅了された。

この演説は私の心の奥に残り、後に市議に立候補するときによみがえった。確かに困難な道ではあるが、多くの人の応援があり、その声に応えるためにも、自分にできることをしなくてはいけない。そんな情熱を駆り立ててくれたのが、この演説である。

アメリカ大統領就任演説
J・F・ケネディ大統領就任演説

TweetShareBookmark　1961年1月20日

※感銘した部分抜粋

＜英字原文＞

And so, my fellow Americans: ask not what your country can do for you -- ask what you can do for your country.

My fellow citizens of the world: ask not what America will do for you, but what together we can do for the freedom of man.

＜和　　訳＞

そして、同胞であるアメリカ市民の皆さん、国があなたのために何をしてくれるかではなく、あなたが国のために何ができるかを考えようではありませんか。

また同胞である世界市民の皆さん、アメリカがあなたのために何をしてくれるかではなく、人類の自由のために共に何ができるかを考えようではありませんか。

日本語訳は以下から引用しました。
JOHN F. KENNEDY PRESIDENTIAL LIBRARY AND MUSEUM
https://www.jfklibrary.org/JFK/Historic-Speeches/Multilingual-Inaugural-Address/Multilingual-Inaugural-Address-in-Japanese.aspx

略年表

西暦	和暦	日付	
1946年	昭和21年	4月3日	前橋市総社町で誕生
1953年	昭和28年	4月	前橋市立総社小学校入学
1959年	昭和34年	4月	前橋市立総社中学校入学（3年次合併により前橋六中）
1962年	昭和37年	4月	前橋市立第六中学校卒業（同窓会長）
1962年	昭和37年	4月	県立前橋高等学校入学
1965年	昭和40年	4月	前橋市立工業短期大学（現前橋工科大学）建設工業科土木入学
1965年	昭和40年	4月	実家の有限会社大武測量に入社
1967年	昭和42年	4月	前橋市立工業短期大学　自治会執行委員長に就任
1968年	昭和43年	4月	前橋市立工業短期大学（現前橋工科大学）同窓会常任理事
1968年	昭和43年	4月	日本測量専門学校（現国土建設学院）本課入学
1969年	昭和44年	4月	日本測量専門学校（現国土建設学院）区画整理高等科入学
1973年	昭和48年	4月	結婚（妻：山岸照代）
1973年	昭和48年	4月	大武測量登記事務所創業
1976年	昭和51年	7月	前橋青年会議所「自己と社会の開発」を追求
1976年	昭和51年	4月	社会福祉法人照隅会　人宝塔保育園保護者会長（5年間）現理事
1977年	昭和52年	4月	総社地区体育協会体育委員（8年間）
1978年	昭和53年	4月	総社町高井地区高友会、副会長時「ふるさと愛教育」実践 62年度県ふるさとづくり奨励賞 高井盆踊り復活

西暦	和暦	日付	
1981年	昭和56年	6月	群馬県青年洋上大学指導員
1982年	昭和57年	4月	総社第二保育園保護者会長
1985年	昭和60年	1月	前橋青年会議所国際室長
1985年	昭和60年	4月	群馬県公安委員会少年指導員
1985年	昭和60年	4月	前橋市立勝山小学校PTA副会長（昭和59年）・会長
			創立10周年記念事業「総社二子山古墳池」現物の10分の1築造
1989年	平成元年	2月19日	前橋市議会議員当選（1期目）5185票でトップ当選
1993年	平成5年	2月14日	前橋市議会議員当選（2期目）5209票でトップ当選
1997年	平成9年	2月16日	前橋市議会議員当選（3期目）4288票3位当選
1997年	平成9年	4月	前橋工科大学　情報工学科に入学
1999年	平成11年	3月3日	前橋市議会第60代議長に就任
1999年	平成11年	11月15日	妻照代　交通事故にて死亡
2001年	平成13年	2月18日	前橋市議会議員当選（4期目）4015票5位当選
2005年	平成17年	2月20日	前橋市議会議員当選（5期目）3309票13位当選
2009年	平成21年	2月22日	任期満了で前橋市議会議員を引退（5期20年間）
2016年	平成28年	11月3日	秋の叙勲　旭日双光章受章（自治功労）
2016年	平成28年	11月15日	皇居にて天皇陛下より拝謁を受ける（妻照代命日）

あとがき、謝辞

大武仁作

市議会議員を退き10年。３年前叙勲の栄に浴し、議員関係も一区切りついた頃、親友から「大武の足跡と今までの思いを残しておいたら」と勧められました。それをきっかけに人生を振り返り、思いつくままに文章を綴り、資料などもそろえた結果、『言霊《ことだま》』としてまとめることが出来ました。

平成元年の当選以来はや30年、平成改元の新しい時代のはじめから20年間、微力ながら市民の代表として、税金の公平な配分を軸とした、市民福祉の向上のために取り組んできました。５期20年の間、陰になり日向になって支えて頂いた方々への恩返しの意味を含め、その足跡とその思いをこんな形で残すことが出来てほっとしています。

自叙伝となると、自慢話が多くなりますが、なるべく客観的な叙述に努めました。また、その場の雰囲気や、その時の思いを感じ取って頂くために、当時のあいさつ、スピーチ、会話なども取り入れました。文面の裏側まで読み取って頂ければ幸いです。

最後まで支えてくれた後援会・六仁会・やまゆり会を始めとする支援団体の皆様に心から御礼申し上げます。

まだまだ書き足りないこともありますが、私のような何も無い小さな人間が、精一杯取り組んできた足跡を、多少なりともご理解頂ければ嬉しく思います。

最初からきちんとメモや資料を取って置いた訳では無く、記憶の薄れていることなども多々あります。事実と多少相違する箇所もあるかも知れませんが、ご容赦ください。

終わりになりますが、発刊にあたり、上毛新聞社事業局出版部の皆様にご協力を頂いたことを感謝致します。

〝振り向けば　お世話になった　人ばかり〟

言霊 —ことだま—

平成31年4月3日発行

著者 大武仁作

発行 上毛新聞社 事業局出版部
群馬県前橋市古市町1-50-21
電話027(254)9966

編集 情報センター

定価 880円+税

©2019 JINSAKU OHTAKE

ISBN978-4-86352-227-5 C0095